55歳、大人のまんなか

広瀬裕子

PHP研究所

はじめに

「もう55歳」「まだ55歳」。同じ年齢でも最初の言葉がちがうとその年齢の持つ印象が変わります。「もう」と思う自分と「まだ」と感じる自分。日により、気持ちにより「もう」と「まだ」を往き来するわたしがいます。

「人生は１００歳を想定して」と言われるようになりました。それを聞いた時「あと」と思う自分と「まだ」と思う自分がいました。それは、うれしいというより、まだ半分もあるの？　まんなかということ？　というおどろきのほうが上回っていました。そう。55歳は、まだ、人生のまんなかだったのです。

理想の大人にはまだ遠く、これから知ることもあれば、あらたに経験することもあります。そう考えると、55歳は、本当に大人のまんなか辺りなのかもしれません。50歳になった時は、すっかり大人と思ったにもかかわらず。

そう言っても、日々すごすなかでは体や気持ちの変化を感じます。そういう時「もう」と「まだ」、「あと」の間で往ったり来たりします。そして、どうしていけば、気持ちよくすごせるか、かろやかにいられるか、と思うのです。

毎日、わたしたちは、自分の窓から見た風景のなかで生きています。そのなかには、うれしいやたのしい、かなしいもあります。いくつもの思いをいだいたとしても、それらは世界にひとつしかない自分だけの風景なのです。

「もうまんなか」「まだまんなか」。往き来する思いのなかで、自分らしい風景のなかにいられたらと思います。

もくじ

55歳、大人のまんなか

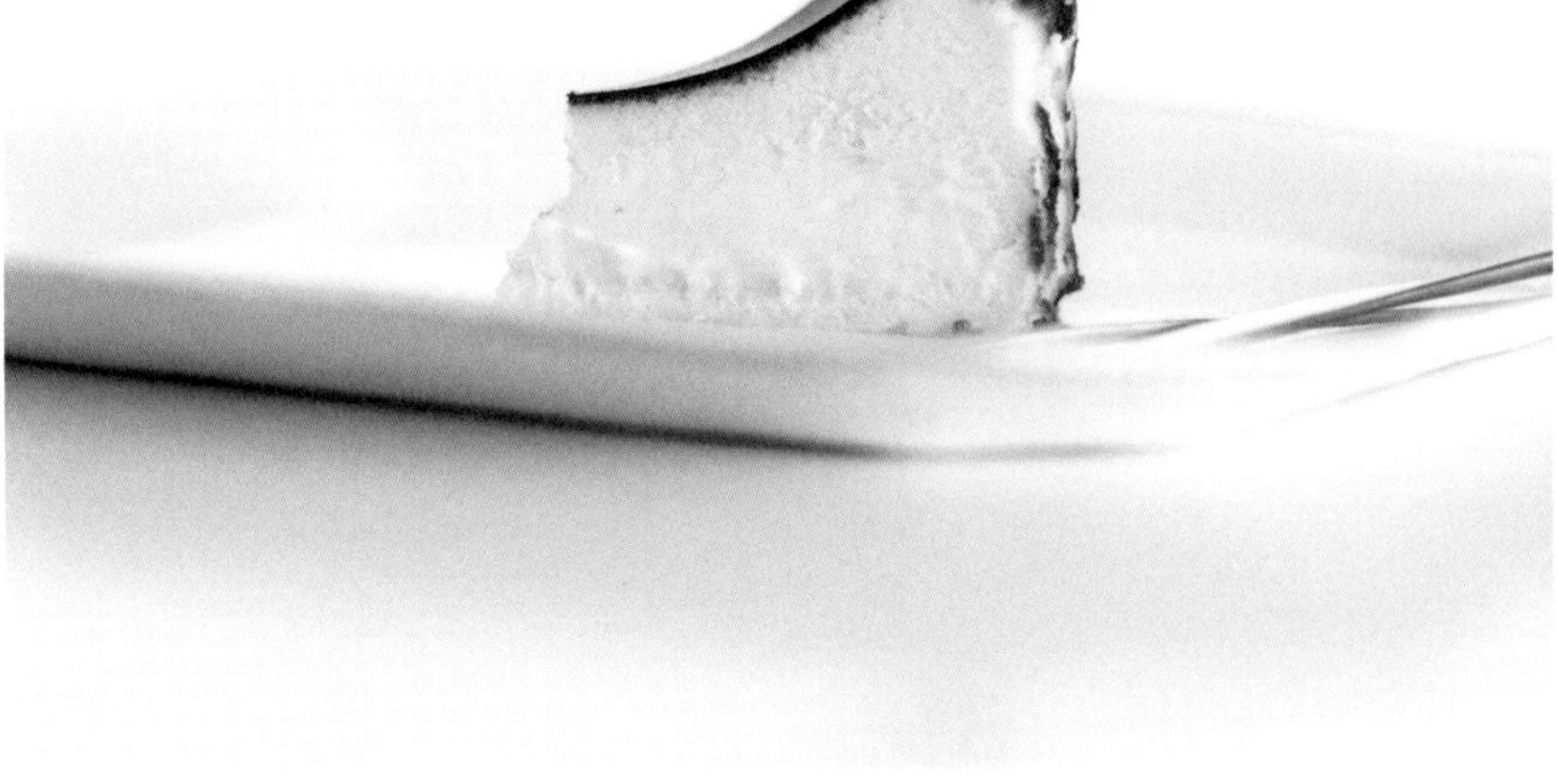

1 あたらしい仕事、はじめました

50代になると、多くのひとは穏やかな時間、次の場面へむけ準備をはじめます。仕事や子育ての見通しがつき、やりたいことをはじめるひとも多いと思います。そんな年代ですが、わたしは、あたらしい仕事をはじめることに舵を切りました。はじめての場所で、はじめての仕事に——。

「いっしょに建築や空間作りの仕事をしませんか」
その時、わたしは深く考えることもなく「はい」と即答しました。

あたらしい仕事は、設計事務所で建築や空間ディレクションに関わるものです。建築を本格的に学んだことも、関わったこともありません。学生時代に授業をすこし受けたくらいです。でも「はい」と返事をしているわたしがいました。

このできごとを大げさに表現するなら、「いくつになってもあたらしいことにチャレンジ」と言うのかもしれません。でも、わたし自身は、そうは思っていません。自分のなかにある引き出しにどんなものが入っているかを見てみたい。そんな気持ちです。

引き出しの奥には何があるかわかりません。自分で忘れてしまっているものがねむっているかもしれません。それがあるとしたら、その何かを知るためには、引き出しをあける必要があるのです。

あたらしい仕事をはじめて「なるほど」と思うことがあります。いままでの経験が思いのほか役に立っているのです。

日々のなかで選んできたもの、使っていたもの。その使い心地や選んだ理由。そういったものが、わたしのなかにあります。

建築めぐりや旅の時間もわたしのなかにストックされています。特別なこととして捉えていませんでしたが、それが経験と知識になっているのです。あたらしい仕事をしていくなかで、ものや食について聞かれることも多くあり、わたしのフィルターを通った経験が、誰かの何かの役に立つことを知りました。

意図していなかったことが時間の流れのなかで別の役割、あたらしい役目を担う時、時間を重ねた先にあるめぐり合わせのゆたかさを感じます。

この世界には、目標や計画、個人の思惑という時間の流れとは別のところにもうひとつの時間があり、それが何らかのきっかけで重なる時があります。一連のことは、もうひとつの時間のなかで育まれていたことが、時を経て、これからできることとして目の前に現れた気がします。

引き出しのなかにはもっと別のものも入っているかもしれません。わからないからこそ、わかるためにつづけるのです。

あたらしい仕事はずっと前から用意されていたのかもしれませんが、その答えはまだわかりません。

2 いまでも変われる

あたらしい仕事をはじめて変わったのは、仕事で関わるひとたちがふえたことです。いままでは編集の方とデザイナーさん、カメラマンさんと3〜5人で仕事をしていました。意思の疎通もしやすいですし、何より「この方にお願いしたらまちがいない」という意識で仕事をお願いしてきました。けれど空間ディレクションの仕事は、わたし以外に何十人も関わります。その場に行ってはじめて顔を合わせる方もいます。そういう場面が苦手で避けてきましたが、ここにきてあたらしい課題がやってきたようです。

あたらしい課題に対しては、反省することがよくあります。うまく説明できないことや思いが先走ってしまった時などがそうです。反対に、思っていたことを言葉にすることを躊躇する時もあり、それはそれで反省します。

社会人になったばかりの頃を思いだします。最初はオフィスにかかってきた電話をとることにも緊張していました。「はい」と言うべき場面で「うん」と言ってしまい注意されたこともあります。けれど、それもいつしか慣れてまるで以前からできていたようになっていく。

あたらしい課題として、これから身につけたいことは伝え方です。考えていることをわかりやすく説明する。言うべきタイミングで言葉を発する。話すことに関しては以前から苦手意識がありました。苦手は苦手なままでもいいのです。苦手でも苦手なりの伝え方はあると思うのです。

伝え方や対応などは、学んでいくことができます。教えてもらうこともできます。すぐには身につかないかもしれませんが、気をつけていればやがて自分のものになっていきます。反省する時いつも思うのは、いまさらと思うようなこともいまさらと思わず「いま」だからと捉えること。そう考えると2、3年先は、いまよりよくなっているかもしれません。そうなれたらうれしい。いまでも変われる、いつでも変われる。あたらしい課題で実践中です。

3 あたらしい車

「車を変えよう」。55歳になる半年ほど前、運転している時に思いました。思いついたというより、数ヶ月前からなんとなく予兆のようなものがあったように思います。

どこがどうと言葉にできないけれど何かがいままでとすこしちがう——。時々、そういう感覚を持ちます。その時も、運転中にそう感じることが幾度かありました。集中力やブレーキのタイミング、目に映る風景、長距離運転の後。そういったちいさな違和感がつみ重なった結果「車を変えよう」という気持ちになったのです。

すでにわたしは選ぶ車の条件を決めていました。何より安全であること——。

いままで車を何台か乗りついできましたが、選択条件の一番に「安全」がくるのは、はじめてのことです。それだけ車を変えようと思った理由が、わたしにとっては明らかだったと

いうことです。その時「歳を重ねることはこういうことなんだ」と思いました。自分の手にしていた当り前のような何かを別の何かに委ねること。優先順位が入れ替わること、と。

わたしたちは、毎日、歳を重ねています。その変化は、表層意識にほとんどのぼってきません。

１日という単位では、自分の変化には気づきませんが、半年、１年と、時間が経過すると、変わったことに気づきます。

でも、気づいた時には、その変化はすでに変化ではなく日常になっているのです。

自分の何かを別の何かに委ねるということは、他者に手伝ってもらうことです。

それは、ひとかもしれません。環境かもしれません。今回のように車や、ものかもしれません。どちらにしても、手伝ってもらうならお互い気持ちよくありたい。

しばらくしてあたらしい車がやってきました。

長距離運転でもつかれない車です。音や振動もいままでより静かです。ライトは自動で点きますし、何か忘れていたら「忘れていますよ」と教えてくれます。ぶつからないように注意もしてくれます。
わたしがすることが減り、車がしてくれることがふえました。

年齢を重ねたことで失っていくものがいくつもあります。これからは、ますます、そうなっていくでしょう。けれど、また、それとは別にあらたなものを手にすることもあります。でも、その時にならないと、どんな風景が目の前にあるかはわかりません。歳を重ねることは、はじめての扉をあけていくようなもの。扉をあけた時、そこにどんな景色が広がっているかはじめてわかるのです。

そこに、発見や関心、やさしさやうつくしさがあるとしたら――。その時ひとは「歳をとるのもわるくない」と思うのでしょう。

4 ピアスをひとつ

身支度を整えたらピアスをつけます。50歳を機に再びピアスをつけはじめました。

毎日つけているのは、パールのシンプルなものです。これは20歳の時から持っているもの。若い時に憧れたのは、パールのピアスが似合う大人です。

途中、ピアスをつけていなかった頃はイヤリングに直してもらっていましたが、再びピアスをつけようと思った時、仕様をもどしてもらいました。いいものにしておくとずっと使えると言われますが、本当にそうですね。

持っているピアスは全部で3つです。すくないです。でも、その3つという数が自分らしいと思っています。わたしにとって意味のある数であり、選んだものです。それぞれが大事で持ちつづける意味がそこにあります。

ピアスは、ジェンダーに関係なくつけるものですが、つける時わたしは自分の性をささやかに感じます。不思議なもので若い頃はそんなことは感じませんでした。けれど歳を重ねていけばいくほど、ふとした時に「女性」というものに思いを馳せます。そのひとつが、ピアスをつける時。一連の動作がわたしにとってジェンダーを意識させるのです。

きっと誰しもそういうスイッチがあるのでしょう。そのスイッチを50代になって気づいたことにおもしろさを感じます。それは体の変化かもしれません。50代になって変化する体を前に、改めてジェンダーと向き合う、女性というものを捉え直したのかもしれません。

いまはジェンダーに関して考えることも話す機会もふえました。個人的には、ボーダレスになっていけばいいと思っています。女性だから、男性だから、何歳だからということを感じないでいい。そんな世界は風通しがよさそうです。

5 花を摘む

育った家の庭には、四季折々の草花が咲いていました。初夏から夏、秋にかけては、梅桃《ゆすらうめ》やザクロなどの果実が生り、季節季節にその実をおいしくいただけるよう、母といっしょに手を動かしていたのをおぼえています。そして、時間が流れ、わたしもいつしか草花を育てるようになりました。

「草花を育てる」と書きましたが、実際は育っていく様をこちらが見させてもらっていると感じています。あまり手をかけずとも季節になると植物は芽ぶき、蕾をつけ、花を咲かせます。気づいていないだけで、花をつける準備は自ら着々となされ、その一連の流れを、季節ごとに見させてもらっているのです。

ある時から、植物にふれると、なんとも言えないやわらかさを指先に感じるようになりました。以前は、その感覚には気づいていませんでした。

何が変わったのだろう——。思い当たったのは、自分の手の使い方でした。

植物にふれる時、できるだけやわらかな指先でふれるようにしています。やわらかく。流れるように。こまやかに。きっかけは、やわらかくふれたほうが、草花の変化を感じとれることに気づいたからです。

たとえば、花を摘む時、葉をとり除く時。

花を摘む時、やわらかな手で摘むと、花はやわらかな空気を纏《まと》いはじめます。室内にいれて飾った時にも、その空気はつづきます。色が変わった花や、茂りすぎた葉も、指先でふれるとすっと枝から離れ、とり除いたほうがいいのか残したほうがいいのか、植物が教えてくれる気がしてくるほどです。そして、何より、そうするほうが、わたし自身気持ちいい。やわらかくふれると、そのやわらかさがそのまま返ってくる。そんな感じでしょうか。

草花を見ていると「育てている」「育ててもらっている」という、どちらか一方だけの方

向ではないことがわかってきます。「いま、ここに、いっしょに存在している」という感覚です。

目の前にある草花は、自分とは別の存在なのですが、ふれているとわたし自身にも思えてきます。それは、まるで鏡のように。草花にやわらかくふれるのは、わたしがわたしにやわらかくふれること。

花を活けるのは以前からすきでした。それがいつのまにか、自分で育てた草花を活けることにうれしさを感じるようになりました。

歳を重ねると、そんなたのしみも知るのですね。

6 習慣を基準にする

朝、窓をあけると季節の香りがします。春が近づくと春の、秋になると秋の香りがします。昨日までとは明らかにちがう香り。毎日、窓をあけることで、季節が進んでいることをその日最初に感じることができます。

毎朝、紅茶をいれるのが習慣です。これは17、18歳くらいからのことで、わたしがずっとつづけていることです。

そんなふうに日々、同じことをしていると、すこしの変化に気づきます。昨日とはちがう、いままでとはちがう言語化できないほどのささいなこと。また、明らかにわかる時もあります。

習慣はそのひとをつくるルーティーンですが、そんなふうにいままでとのちがいに気づくための基準になるものでもあります。

すこしあっさりした紅茶がおいしいと思う時は、春が近くなっています。濃い深い味より、果実のような紅茶がほしくなります。昨日より紅茶の香りが立っていると感じたら秋が深まっています。焼き菓子がおいしくなるのも同じ頃。

体や気持ちの変化も同じことをつづけるなかで気づけることがあります。

結局、日々のつみ重ねで自分がつくられていくのでしょう。どんなものを選び、食べ、話し、感じ、どんなものを手にし、使うか。

たくさんある事柄のなかから優先順位を決め、大事なものを選んでいく。その結果、何十年もかけて、自分というものができていく。いくつもの物事のなかで選択をつづけることが、自分自身を培っていくのでしょう。習慣でしていることは、自分を育んでいくための練習なのかもしれません。

こどもの頃は周りの大人が世話をして育ててくれました。けれど、ある時期からは、自分で自分を育てていくようになります。日々くり返されることが、わたしをわたしにしてくれるのです。

これからあたらしい習慣ができたらそれは、60歳のわたしにつながっていきます。いままでしてきたことも同じようにつながっていきます。55歳のいま、何をして、何をしないか。5年先、10年先のわたしは、もうはじまっています。

7　あたらしい感覚

「歩きやすいですよ」という何人かの言葉通り、とても歩きやすい——。何より長距離を歩いた日の夜、足のつかれ具合がそれまでとはちがうのです。これは実際、履いてみないとわからない感覚で、「お勧めです」と教えてくれたひとたちが「いい」という意味が履くことでよくわかります。歩くことは、体の基本となるもの。自分の足に合った一足があると歩くことがたのしくなります。

歩くこと、歩けることを当然と思っていますが、そのうち歩けなくなる日がくるかもしれない。そんなことを思う時があります。

数年前に膝の骨を痛めたことがあり、１ヶ月ギプスと松葉杖生活をしていました。その時、歩けるってすばらしいと、こころから思いました。歩けない期間が、歩くことの大切さを教

MADE IN U.S.A.
MADE IN U.S.A.

えてくれたのです。
だから、その時がくるまでは自分の足でたくさん歩きたいと思っています。

そのために必要なのが、信頼できるパートナーとなるクツ。

ワンピースにスニーカー。スーツにスニーカー。ずいぶん前に観たアメリカ映画にそういう場面がありました。物語の場所はニューヨーク、すっとのびたまっすぐな脚にスニーカー。その組み合わせは新鮮ですてきでした。それからずいぶん時間が流れ、いま、スニーカーを履いているひとがとても多いことに気づきます。

多くのひとが履くようになったのは、やはり歩きやすくつかれないからでしょう。ワンピースやスーツと組み合わせることに違和感がなくなったこともあると思います。わたしも最近は、ほとんどスニーカーです。改まった席や場に行く時はちがうクツを履く時もありますが、ふだんはスニーカーを履き出かけていきます。

形や色や素材も好みで選べます。ひとつ基本となる形とサイズがわかっていれば、お店に出向かなくても手にすることができます。

たくさん歩いていると体がかるくなってきます。体調もよくなってきます。都市部以外は車での移動がほとんどなので意識していないとあっという間に体がどんよりと重くなってしまいます。そうすると気持ちまで引っ張られていく。

わたしは黒い服が多いので、スニーカーは黒、グレー、白の3色にしています。どれを履いてもそれぞれ似合う色です。遠出できない日々も、スニーカーを履き公園を散歩していました。すきな音楽を聴きながらだとさらに足どりはかろやかです。

8 あたらしい習慣　アップルウォッチ

随分と長い間、腕時計をしていませんでした。時間を気にしながら仕事をしていた時期があり、その時分は腕時計を無意識に見るのがクセでした。

フリーランスになった時、腕時計をはずしました。これからは誰かの時間に合わせるのではなく、自分の時間に合わせていこうと思ったからです。

それがいま、腕にはあたらしいアイテムがあります。アップルウォッチです。55歳になってからすぐ使うようになりました。

きっかけは体調の変化です。いままで感じたことのない胸の痛みを感じるようになり、何かあった時のためと、ある程度の体調管理ができるので使うようになりました。

元々、あたらしいものやシステムに興味がないので、最初は「どうなんだろう?」と訝《いぶか》しく思っていたのですが、手にしたらとても便利。心拍数や、その日にどれだけ歩いたか、眠りの質などを記録してくれます。使ったことはないですが、倒れた時などはその衝撃を察知して事前に登録した先に連絡がいく機能もあるようです。

夜になると、その日にどのくらい体を動かしたか、呼吸はどうだったか、気持ちは落ち着いていたかなどを振り返りながら見ることができます。自分で設定した目標がその日にできたら「よかった」と思いますし、できなかったことがあれば翌日やろうと思います。

わたしに合わせた時間は体調管理でも同じです。今日でも、明日でも、明後日でもできる時にしていきます。

9 音楽を纏う

朝、目が覚めると、お湯を沸かしながら音楽を流します。ピアノ曲がほとんどで、朝の空気とピアノの音は、気持ちのよいスタートを約束してくれます。雨が降っている時は雨の音で、晴れた日は強いひかりの音で。同じ音楽でも鍵盤から生みだされる音は天気によってちがうように響きます。

音楽はひとに寄りそってくれるものですね。自分が思っている以上に音は気持ちに影響します。

いまはどこに行っても音がします。人工的な音、流れっぱなしの音楽、宣伝、途絶えることのない車の音。聴くひとのための音より、発信する側のための音は、時として気持ちを雑にします。相応しくない会話を聞かなければならない時のように。そういう時は音に音楽を重ねてしまいます。イヤフォンをとりだし、すきな音楽を流すのです。

音楽を聴くというより身に纏う感じでしょうか。全身を音楽で包んでしまう。すると目に映るものがあったとしても、映画の一場面のようになり、映像として目の前を通りすぎていきます。

世界には関わるべきものとそうでないものがあります。すべてにコミットはできない。けれど、時には意に沿わない場面に出合うこともあります。そんな時も音楽があれば風景がさあっと変わります。

友人のようにそばにいてくれる。助けてくれる。気持ちを回復してくれる。今日も音楽を身に纏います。大人の工夫が大切です。

10 すくなくゆたかに

そのひとのクローゼットには、同じ白いシャツ、パンツ、ジャケットがならんでいました。上質なものだと思います。それらの服を毎日、どこにいても誰と会う時も着ているそうです。そうしているのは、服を選ぶ時間、迷う時間がもったいないからということでした。毎日同じ服装なのですが、そのひとがすてきではないかというとそんなことは全くなく、十分すてきでした。むしろ、たくさん持っていることより知的に感じたほどです。

さらに、そのひとがすてきに思えたのは、されている仕事の数々でした。すばらしい結果があれば、ひとの魅力は服の数とは別のところで生まれるのです。

年々、わたしの部屋にあるものはすくなくなっています。服もそうです。いままでのすてきさ、ゆたかさという概念の捉え方が変わり、数や量とはちがう風がふいてきたのでしょう。そのひとのクローゼットを思いだすたび「同じ所に立って」と思います。

11 張りのある布

50歳の時のわたしと、55歳のわたしとは、服装がすこしちがいます。装いの傾向だけでなく、服そのものの雰囲気も変わりました。

クローゼットのなかには、ニット3枚、ボトム3点、セットアップ2着、ワンピース1〜2枚がかかっています。寒い季節は、ここにコート、ダウン、ロングカーディガンなどが加わり、真夏は、カディのノースリーブワンピースとTシャツをプラスします。

生地は、ウール、リネン、コットン。やわらかいけれど、張りのあるものを手にするようになりました。形、ブランドは、同じものが重複しています。そして、できるだけ3シーズン着られるものを選ぶようになりました。

変化があまりないので、いつも同じ服を着ているように見えるかもしれません。実際、同じものが何枚かあるので、同じ形の服を着ているのです。

いまはあたらしい仕事をはじめたことで、遠くへの旅やきちんとした場面に立ち会うこともふえてきました。それに伴い、シワになりにくい生地、張りのある服が必要になってきたのです。張りのある服は、歳を重ねた肌をすこし明るく見せてくれます。やわらかくなった体のシルエットもすっと映してくれます。助けてくれるのです。

もうすこし歳を重ね、髪の毛の色が変わったら、ちがう色を手にすることもあるでしょう。その時クローゼットの様子がまた変わりそうです。年齢、暮らし、仕事、時代。服は、わたし以上にわたしを語ってくれます。

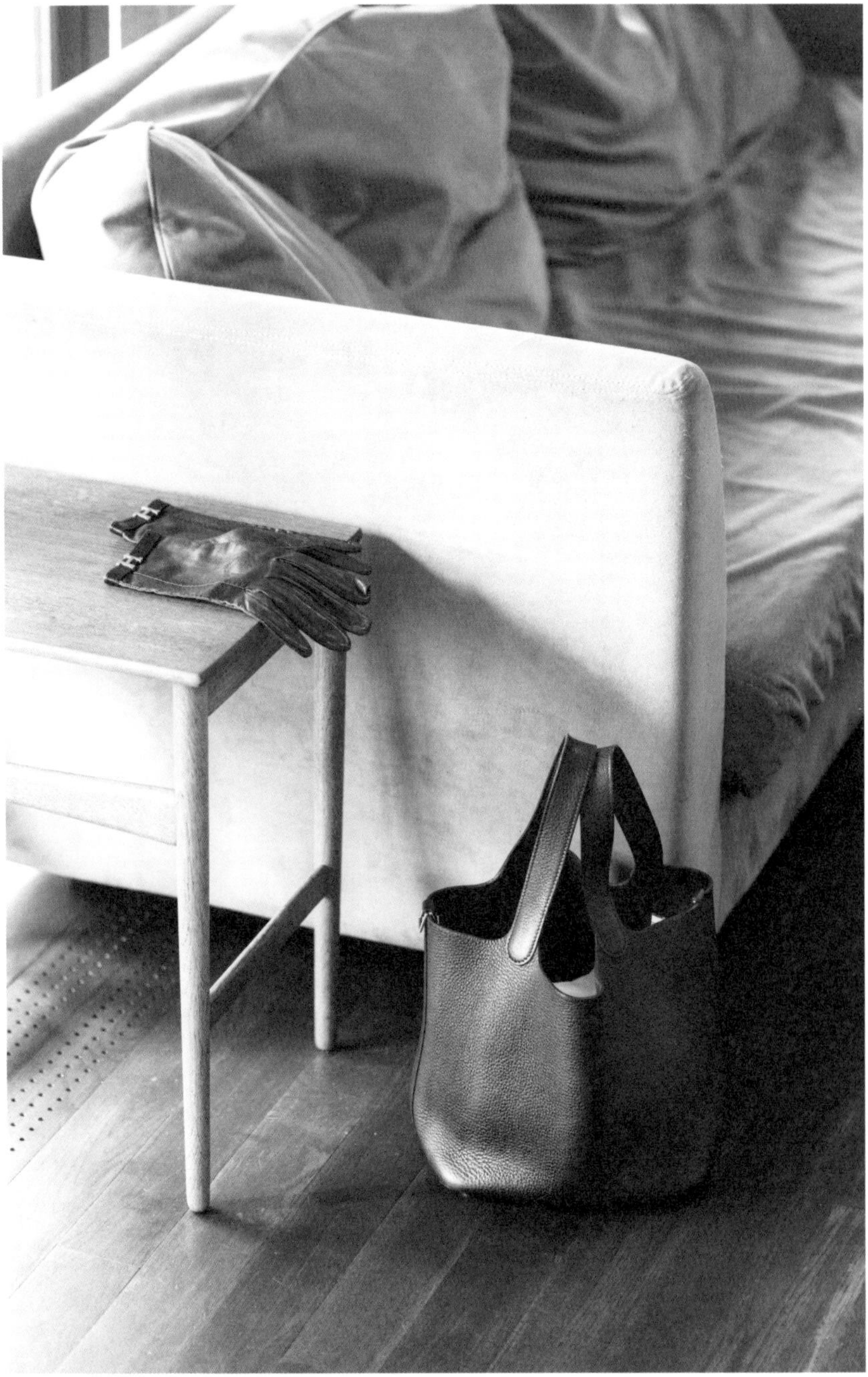

12 10年待って

その時、どうしてか手にしてしまうものが人生にはあります。

いま毎日のように使っているバッグは40歳の時に旅先で出合い手元にやってきました。しっかりとした造りで見かけよりたくさん入り、かと言ってそれが外からはわからず、きちっとしすぎていない佇まいが気に入っています。

でも、このバックは買ってから使うまで10年ほどの時間がかかりました。買った時は気に入って手にしたにもかかわらず、全くしっくりこなかったのです。でも、手放さなかったのは「うつくしい」と思っていたからです。

50代になったある日、思いついて手にしたら、合うと感じました。選んでいる洋服や髪や空気が変わり、似合うようになったのでしょうね。他のひとから見たらそのちがいはわからないかもしれません。でも、ひとには「自分だから気づく変化」というものがあり、それは思っている以上に大事な感覚だと考えています。

それからは、このバッグは、本当によく使っています。型くずれしない点もとてもすきです。

もうひとつ。手にしたけれど使っていなかったものがあります。革の手袋です。

こちらも旅をした時購入しました。深い茶色のやわらかな手袋。手をいれるとするすると包みこまれる感触です。でも、なかなか使えずにいました。それが歳を重ねたある冬「使おう」と思いました。

何十年も形が変わらずありつづけるものは、時間を経ても使えます。また、ひとによって、年齢によって「しっくりくる」という感覚もあります。それまでその時がくるまで「待つ」というのもすてきなことかもしれません。

13 次の役割

薄いポーチにメガネをいれています。これが、なかなか使い勝手がいいのです。散歩に行く、買い物に行く、旅にでる、本を読む、料理をする、仕事をする。いつもポーチからメガネをとりだします。

「パスポート用にいいですよ」と勧められて手にしました。確かに、搭乗口で慌てる場面が多いわたしには必要なもののような気がします。でも、パスポートは、わたしの場合、年に1、2度しか使いません。ほとんど使わないままずっと持ちつづけていました。

時間が流れ、時代が進み、ほとんどのひとが携帯電話を持つようになりました。わたしも例外ではありません。さらに歳を重ね、メガネが必需品になりました。

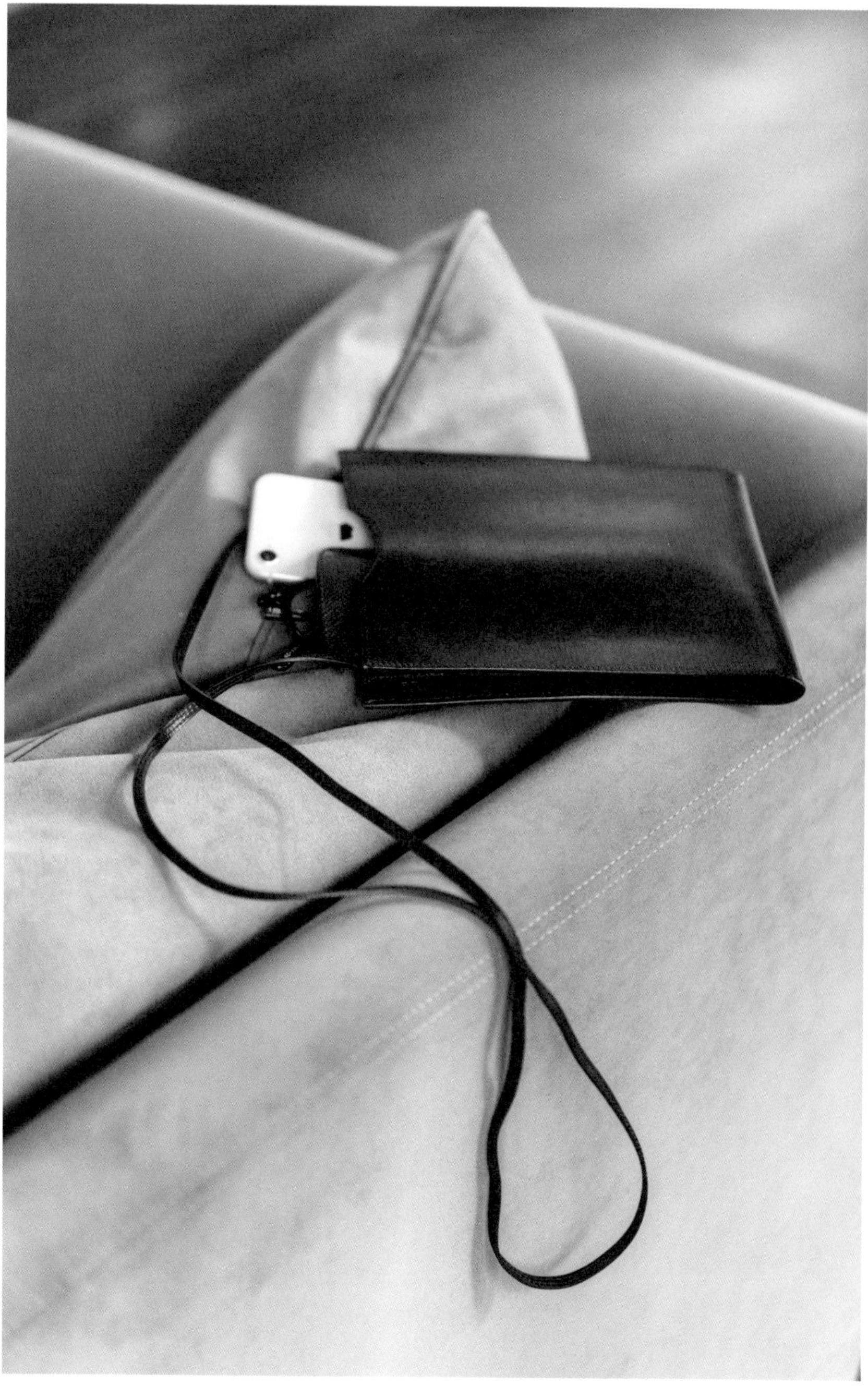

ある日「あ、あれを使えばいい」と、ポーチのあたらしい役割を思いつきました。メガネと携帯電話をいれるのにぴったり、と。

トランクにいれたままになっていたポーチをとりだし、その2つをいれてみたところいい感じです。それまでは、メガネを使おうと思うとバッグのなかをゴソゴソ探すのが日常でした。部屋のなかに携帯電話を置いた時は「どこに置いただろう?」。

適した役目、ちょうどいいものを見つけた時は、うれしくなります。ポーチは、メガネと携帯電話いれという次の役目を担うことになりました。それから毎日、使っています。

手元にあるメガネは2つです。ひとつは室内用、もうひとつは近いところを見るためのもの。老眼鏡ですね。どちらのメガネも見え方の度を落とすことを専門家に勧められました。メガネは、見え方とレンズと目の焦点の位置により体や目のつかれに関係してきます。このメガネにしてから肩こりがかるくなりました。

ポーチを身につけてしばらくすると、友人知人から「それいいですね」と言われます。すっとした形と利便性、手ざわりのいい革。使い勝手がいい上にうつくしく、ほめられる。理想的です。

これからいままでとはちがう必需品がふえるでしょう。すくないもので暮らしていきたい思いとは逆の流れです。その度に工夫しながら、使い、試してみる。あるものが使えるなら何よりです。自分なりの工夫はこの先もずっとつづきます。

14 ご機嫌スイッチ

ちいさなもの、ささやかなもので機嫌がよくなるのなら、できる範囲でとりいれようと思っています。ハンドクリームもそのひとつです。

歳を重ねるにつれて手や指先の乾燥も進みます。ハンドクリームは日に何度も使うものなので香りのいいものにしています。使うたび「いい香り」と思えるのが理由のひとつです。

自分に合ったいい香りに包まれると、自然と呼吸が深くなり、気持ちが和らぎます。そんな時「機嫌よく」を思いだします。ハンドクリームの香りが機嫌がよくなるスイッチをいれてくれるのです。自分が機嫌よくいられるために自分で自分の機嫌をとる。ちいさなものほど大切に。快く生きていくための大人の工夫です。

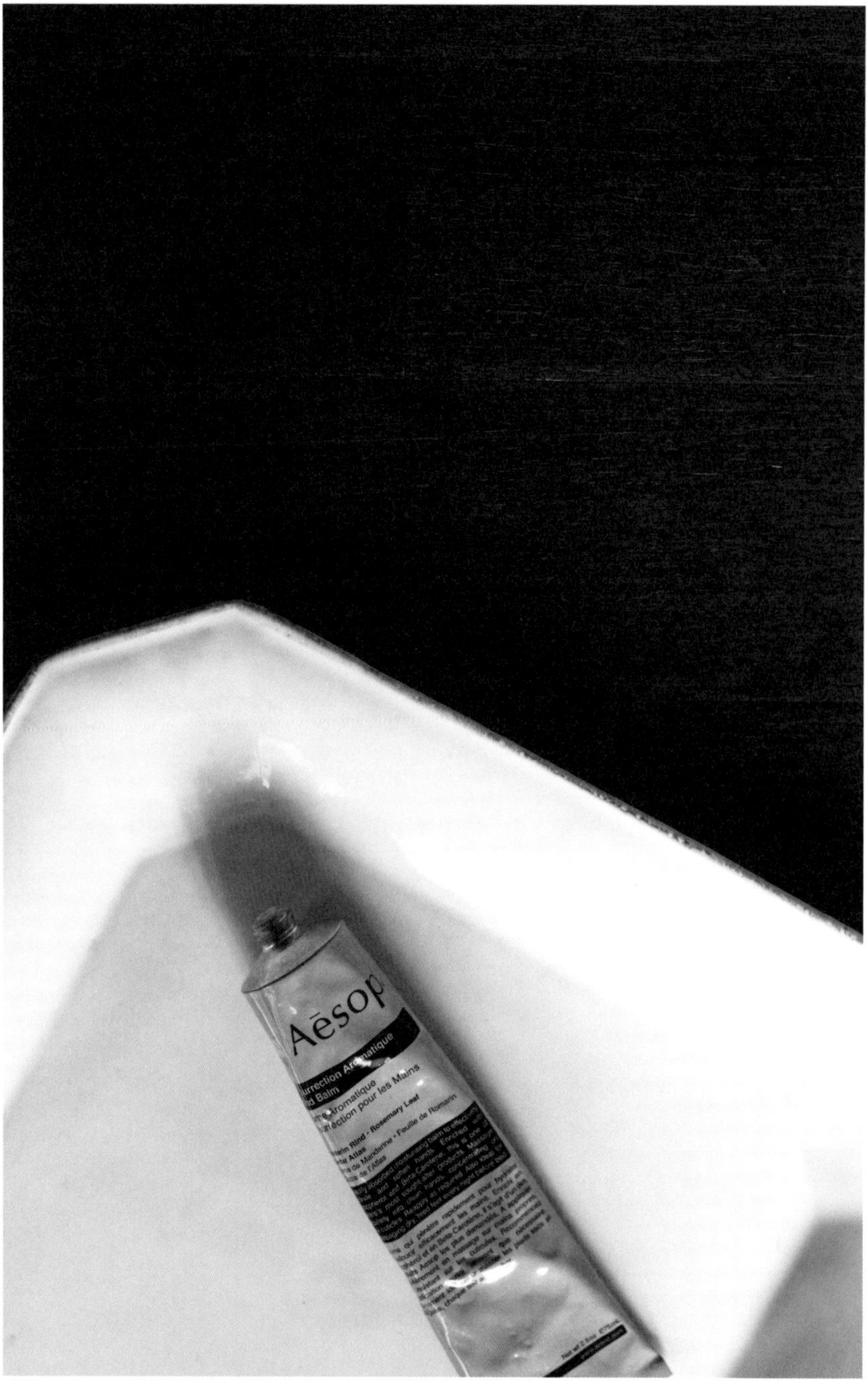
Aēsop

15 いつでも

「いつでも旅にでられるように」とトランクを目につくところに置いています。これはひとり暮らしをはじめた時から変わらない習慣です。いま、さらにもうひとつ「いつでも」ができました。それは、「いつ入院してもいいように」というものです。

以前、家族が入院した時、病院から手渡されたものに「入院のための必要なものリスト」というものがありました。そこには「前あきのパジャマ」「ゆるめのソックス」「割れないカップ」など、言われてみたら、と思うものがリストアップされていました。「そうか、入院するためには入院用の準備が必要なんだ」とその時から思うようになったのです。

入院は突然のことが多く「前あきのパジャマ」と病院から指示があっても手元にあるとは限りません。実際その時もあたらしい前あきのパジャマを探しに行く必要がありました。そして自分用ではないにもかかわらず「この色はすきではない」「シンプルでいいけれど前あきではない」と買うまでに時間がかかったのを覚えています。気に入るパジャマ、意外とないんですよ。

前あきのパジャマが必要なのは、検査の時に簡単だからなのですが、リストを渡されるまでそんなことを考えたことがありませんでした。その他、必要なものは、院内用の室内履き、さっとはおれるガウン、タオル、歯ブラシ、ブラシなど。書かれていませんが、マッサージオイルなど香りのいいものなどもあると気が休まりました。入院は、思っているより必要なものがたくさんあるのです。

「この日から入院です」とわかっている場合は準備できますが、人生何があるかわかりません。自分で気づかないうちに入院している場合もあります。また、入院中は、何かと気持ちがゆれることが本人にも周りにもあります。気持ちがふさぐことも多々あります。だからこそ、自分で準備できるうちに気持ちのいいすきなものをそろえられたらと思うのです。せめて身の回りのもの、自分の持ちものだけでも凛としていたい。

そしてそれらの置き場所をなんとなくでも「このあたりにありそう」とわかるようにしておくことも大事です。ひとり暮らしならなおさら。

入院のための必要なもののリストを見ていると、ほぼ旅の準備と変わらないことがわかります。だからその時がきたら「病院に旅に行こう」ぐらいの気持ちで、すきなパジャマを持ってでかけて行けたらと思います。

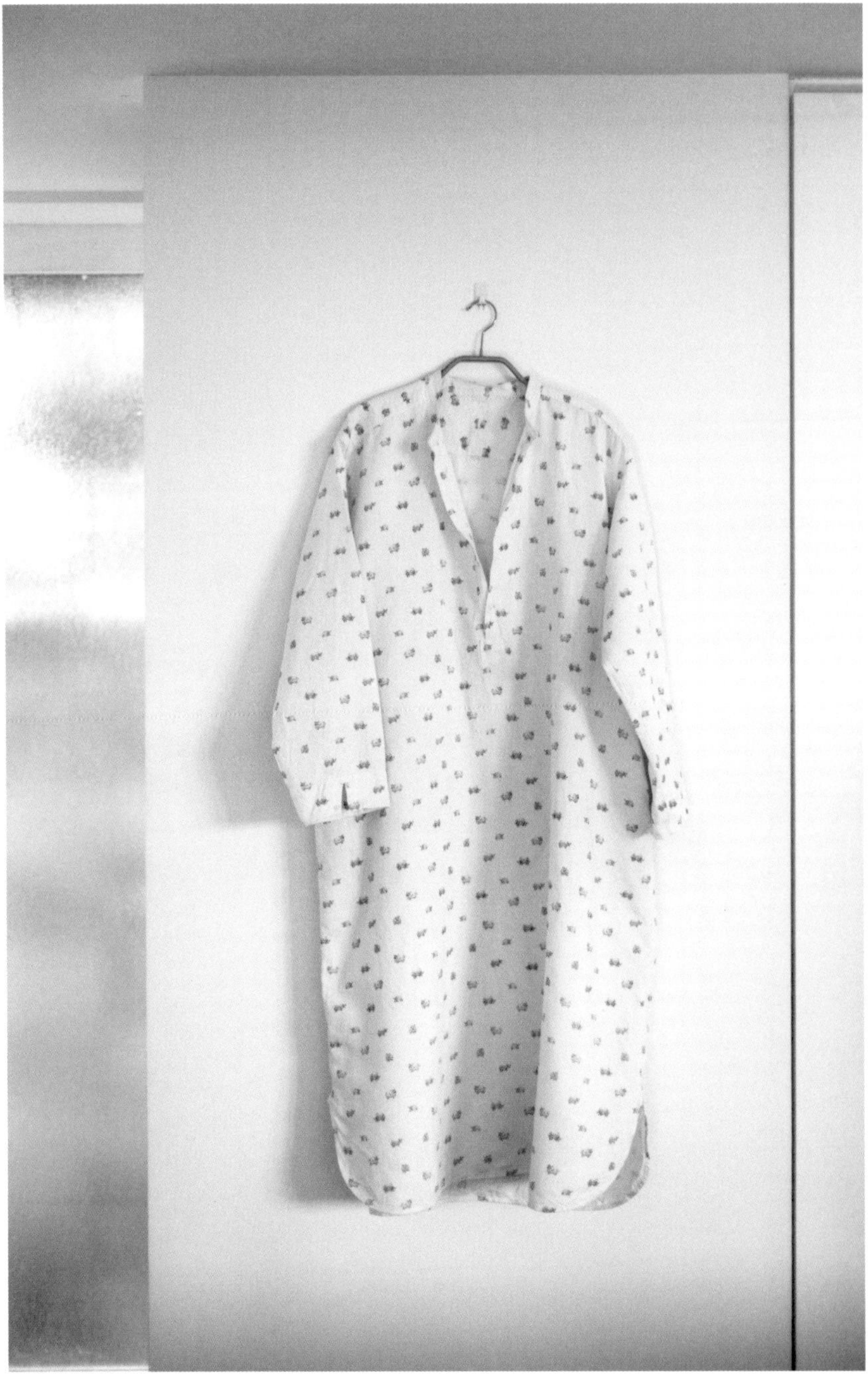

16 55歳のトランク

使っていたトランクを買い替えたのは55歳になってすぐのことです。

ずっと使用していたトランクは二輪のものでした。とてもきれいなトランクで一生使おうと思っていました。けれど、公共交通機関や飛行機の通路などと幅が合わず、また、一方向にしか動かないため、時折、不便さを感じていました。

移動が多くなると、時々感じていた不便さを、よく感じるようになります。若く体力がある時はそれでもいいのでしょう。けれどちいさなストレスを感じながら使いつづけるのもおかしなことだと思い、四輪のトランクに換えることにしました。

「こんなに楽なんだ」というのが四輪のトランクを使った最初の感想です。新幹線のなかも飛行機のなかもスムーズに通れます。重さも以前より感じません。乗り降りも便利。エスカレーターもすっと乗れます。

トランクのデザインや色は以前のものが変わらずすきなのですが、使い勝手や年齢を重ねていくことを考えると変えてよかったと思いました。

体や体力の変化は、こんなふうに「本当はこうしたいけれど」ということと「実際はこう」という場面がふえていくのでしょうね。そして、こんなに便利なら早く変えればよかった、ということもよくあることです。

あたらしいトランクがきたことで、これからどんな風景が見られるのかがさらにたのしみになりました。いつまでこのトランクで旅にでられるかな。トランクのなかには荷物とともにわたしの未来がつまっています。

17 どこにいても

思いがけず旅が多い日々になりました。旅と言っていますが仕事のための旅。月の半分ほど、どこかへでかけることもあります。

旅にでる時はできるだけ身軽に。ずっとそう思ってきました。使うものをコンパクトにまとめるのが旅上手、と。けれど移動がつづくと身軽だけが最優先ではない、と思うようになりました。大切なのは自分の気持ちをいい状態にしてくれるものこそ、旅には必要だと思うようになったのです。

仕事の旅です。朝早くから夜おそくまでかかることもあれば、食事をするタイミングを逃す時もあります。だからこそ、気持ちを保てるものが大切なのです。

例えば、ローションなどはちいさな容器に移し替えるのがかさばらず身軽です。でも、日々、目にしている気に入った容器のデザインのものがホテルのバスルームにあれば「やはり、いい」と思います。サイズが大きくてもうつくしいボトルをそのままトランクにいれるようになりました。

朝。身支度を整えながらボトルを目にすると「今日も忙しいかもしれないけれど、よしっ」となることもあれば、長い1日を締めくくる夜、バスルームでの時間をゆったりしたものにしてくれます。こういう時大切なのは、やはり、自分の心持ちだと確認します。

どこにいてもわたしはわたしですが、わたしをわたしらしくしてくれているのは、案外、自分以外のものなのかもしれません。

18 ひとつ多めに

どこかにでかけた時「あそこに行くなら」とそれぞれに思いうかべるものや場所があると思います。その地にある大切な一軒。時々しか行けないけれど贔屓《ひいき》の店。美術館やギャラリー。海や山。

そんなふうに遠出をした時、何かを買い求めるなら必要な数プラスーを心がけています。自分用と渡したいひとの分とプラスー。プラスーは、買う時は思いださなくても帰宅したタイミングで会うかもしれないひとのためです。

タイミングというのはすてきな贈り物です。事前に約束していないのに会える、話せる機会を持てるのは、何らかの合図かもしれません。そういう時、旅先やどこかで手にしたものを渡す。渡そうと思いつく。そういう時は、渡せるわたしがうれしいのです。

だから、いつもひとつ多めに手にします。タイミングがない時は、自分で食べたり使えばいいのです。元々、自分が気に入っているものなので問題ありません。

そんなふうに考えるようになったのは大人になってからのことです。そうしてくれるひとたちと出会ったから。

予定以外のことや思いがけない贈り物がどんなに人生をたのしくしてくれるか——。年上の大人たちがそういうことを教えてくれました。

19 あたらしい関係

すいすい。あたらしい掃除機は、使う度そんな言葉がでてしまうくらいスムーズで自由な動きをします。使うならたのしく。使うならすきなものを。助けてくれるものを。歳を重ねて思う電化製品とのあらたな関係です。

できるだけ電化製品はすくなく。そんなふうに過ごしてきました。けれど、この先できないことがふえていくなら頑なに拒むことだけがいいとも思わなくなりました。

そう思いはじめると電化製品との関係は変化します。使う「もの」というよりも、わたしを助けてくれる手伝ってくれる「もの」。そう思うようになりました。

掃除機に関して言えば、それまで使っていたものも問題はありませんでした。ただ、時々、出し入れが億劫になることがあり、使うのを「後にしよう」という場面も正直ありました。

棚のなかにしまっているという理由が大きかったように思います。
そういうこともあり、もし、つぎに掃除機を買い替えるなら、「後にしよう」という気持ちにならないものがいいと思っていました。「後にしよう」がわるいわけではありませんが、どうしても、すこし後ろめたい気持ちになるのです。そのためには、部屋のなかに置いていても気にならないものが理想です。思い立ったらすぐ手にできる。けれど、そう思える掃除機はなかなかありませんでした。

待っているとでてくるものですね。「これなら」という掃除機にようやく出合いました。

使いはじめた掃除機は、戸棚やクローゼットにしまいこまなくてもいいデザインです。選んだ色は黒。見た目も、使い勝手もよく、すいすいとよく動きます。その動きは掃除機と遊んでいるよう。手軽な価格ではなかったのですが、日々「後にしよう」とならないほうが先々いい気がします。気をつけていないとこの先、「後にしよう」がふえそうです。こうして久しぶりに家にあたらしい掃除機がやってきました。

ひとともの、ひとと道具の関係は時代や年齢で変わります。すいすいと手伝ってくれる掃除機も、何年か後には、まったくちがう形や意味を持つものになっているかもしれません。

自分に合うもの、納得できるものがあれば、試してみる、使ってみる。掃除のように意識の変化もすいすい、と。

20 わたしのために

50代になってからワインをたのしむようになりました。と言ってもアルコールに弱いのでいただいてもグラス1〜2杯。その1杯があると夜のテーブルが変わることを知りました。

ワインを飲むようになったきっかけは、以前住んでいた鎌倉の家の近くに質のいいワインを販売している店があったことです。好みのものを確実に選んでくれることで、ワインというのはずいぶんとおいしいものなんだとわかるようになりました。

瀬戸内海に移り住んだいまもお店の方のお勧めを中心に、後はワインそのものの佇まいがうつくしいという基準で買い求めています。テーブルに置いた時やグラスに注ぐ時うつくしいほうがうれしい。

夜、さっとサラダをつくり、パンとチーズを切り、グラスにワインを注ぎます。日によって季節のスープも用意します。同時にその朝に水揚げされた魚をオーブンにいれ焼きあがるのを待ちます。その間はあるものをいただく。

そういう時のテーブルは、すきなものがすきなようにいただけてうれしい。音楽をかけてもいいですし、すきな映画を流しその会話が聞こえてくるのもいい。

誰かがいないとつくる気がしないという声もありますが、そういう時、いやいや「わたし」がいるでしょう、と思います。

ワインをあけすきなものをいただいていると、今日もいい日だったと思えます。世界がどうであろうとも、自分が今日もいい日だったと思えることが大切な時があるのです。

21 ひとりでフレンチ

誰かと食事をする時は、約束をしてどこに行くか決めてという場合がほとんどです。会いたかったひとや久しぶりに会う親しいひととの約束は、その過程もたのしいものです。あそこがおいしい、あの場所にいっしょに行ってみたいなど、会うひとと自分の接点を思いうかべ約束をします。

それとは別に、さっとひとりですきなところへ、すきなものをいただきに行くのもかろやかでいいものです。思い立って。時間ができた。そんな時。

ひとりでフレンチレストランに行きました。ある日、おいしいものを、整った空間でいただきたいという思いが急に湧き上がってきて。お店へ連絡したら予約がとれ、翌日、店へでかけていきました。

伺ったのはランチの時分。夜の時間帯より気軽ですが、ちゃんとしたフレンチのお店です。それなりに身支度をして訪れました。

何度か行ったことのあるお店なので緊張はしませんが、それでも「ひとりでフレンチレストランに行く日が来るとは」です。

基本的にひとりで行動することが多いのですが、フレンチレストランで食事をするのと、カフェにコーヒーを飲みに行くのとは心持ちがちがいます。でも、これがよかったのです。自分のすきなペースでコースをいただく、すこしだけお店の方と言葉を交わす、居心地のいい空間。わたしがわたしでいることを、わたしが認めているようでした。

それから数ヶ月後――。東京のある日本食の店で、ひとりカウンターで食事をしている女性を見かけました。白い髪を束ね、質のいいスーツにヒールのあるクツ。きれいにメイクをしています。カウンター越しにお店の方と話しているので、よく来ているのかもしれません。でも、その様子は、馴れ馴れしくなく、一線引いた距離が見てとれました。その姿に「ああすてきだな」と思ったのです。「とてもすてきです」とそのひとに伝えたいくらいに。その店は、料理もおいしかったのですが、そのひとの存在が何より店を語っていました。

親しいひととテーブルを囲むのもたのしいですが、ひとりで、というのもいいものです。あの女性のようになれるなら、歳を重ねるのはすてきなことと思えます。ひとりだと気後れしてしまうなんてもったいない。もし気後れしてしまうなら、しないように練習すればいいのです。ひとりでも背すじをのばし、生きてきた時間を味方にして。20代ではできないことも、経験したことを糧に、叶えていくのが歳を重ねることです。

思ったような、すてきな大人にはなかなかなれませんが、それでも大人に近づいていっている。年齢的にはもう十分大人ですが、憧れは憧れとしていつもあります。大人もどんどん変わっていい。誰に気がねすることなく、変わっていける大人っていいな。

22
引き出しひとつのなかに

「片づけよう」。その日も、よくあるように「片づけよう」という気持ちになりました。わたしは、突然、比較的頻繁に整理をしたくなる時があります。その日は、すこしちがっていました。自分が毎日どのようなものを使っているか、これからも使いつづけたいのかそれらを検証しながらの片づけになりました。

毎日のように使う食器。よくよく見ると手にとるものは決まったものが多く、使う数も限られたものだということがその時わかりました。

食に関しても年々シンプルでさっと作れるものがほとんどになり、年齢や環境などの変化もあるかもしれませんが、素材のおいしさがわかるようなもの、体が重くならないものを好んでいただくようになりました。作りおきもしなくなり、その時に食べきれる量だけ作るようにしています。

それを踏まえ、この先どんなものを使い使っていきたいかを考えると、本当におどろくほどすくない数になりました。ティーカップ、コーヒーカップ、グラス、ワイン用グラス、サイズちがいの平皿各1〜2、ごはん茶碗、汁椀、サラダやスープ用のお皿。それにカトラリー。

これらはすべて引き出しひとつに収まる数でした。その他たくさんある食器は誰かとテーブルを囲む時に使うものや気分を変えたい時に使うものでした。

誰かと、という場合も、若い時のようにたくさんのひとを家に招き食事をするより、同じテーブルでみんなと話ができる人数が心地よくなっています。わたしの場合は、3〜4人がちょうどいいので、食器もその数あれば十分です。

さて。自分に必要なものがわかれば後は簡単です。引き出しひとつのなかに毎日使うものだけをいれました。以前はグラスはグラス、お皿はお皿と分けて置いていたのですが、これからは自分中心でいいのです。自分が使いやすければ。

いまその引き出しのなかには朝から夜までわたしが使うものがひとまとめに入っています。何だかひとり暮らしをはじめた頃のよう。過ごしてきた年月はものを見る目を多少は育ててくれたので以前と使っているものはちがいますが、なんだかとても新鮮です。

引き出しのなかにはすくないけれどすきなものがそろっています。わたしの日常そのものです。

23 直して使う

あっと思った時はすでに遅く、そこには欠けてしまった器があります。大事にしているものは、たとえちいさな欠けでもがっかりします。

欠けた器を使うのはあぶないので、以前は仕方なく手放していました。けれど数年前から継ぎにだしています。一般的に金継ぎと呼ばれているもの。わたしは銀を使った銀継ぎにしています。

欠けた器を修理にだすようになったのは、作家の方の器を使うようになったことからです。一枚一枚、ひとつひとつ、そのひとの手から生みだされるもの。その方を知っていればなおさら。どのような過程を経て手元に届くかわかります。そんなことから小さな欠けは直して使おうという気持ちになりました。

継ぎにだすようになりわかったのは、欠けやヒビは継がれることで別のうつくしさを纏う、ということです。ある意味、わたしの手元にしかない唯一の器になるのです。継ぎには時間も費用もかかりますが、それくらいの思いがあるもの、直してもなおうつくしいものを日々使っていけたらと思うのです。

自分でキッチンに立ち食事を作るようになってからずい分時間が経ちました。若い頃は気をつけていても食器やグラスを割ることがいまより多くあった記憶があります。それが器にふれつづけているうちに、どういう力加減で扱えばいいか、注意すればいいかなど経験でわかるようになってきます。そう。手が「食器を扱う手」になっていくのです。それにつれ器を割らなくなりました。何年もかけ、手が学び、身につけていったことです。

それでもうっかりする場面は時にあり、思いがけないところで器が欠けたり、手からすべり落ちたりします。注意力が散漫だったり、あぶなさそうとわかっているのに置いてしまったり。そういう時は、はあとため息をつき、でも気をとり直して、継ぎの方に連絡をします。

継いだ器を使う時、思うことがあります。直して使うことは、歳を重ねることに似ている、と。体のどこかが調子がよくなければ大事にして過ごします。時には不調とうまくつき合っていく工夫をすることもあります。継いだ器と自分がシンクロしていく――。時間とともに器を扱う手になっていくように、自分自身とのつき合い方も身につけていくのでしょう。

24 おかゆの日

食べすぎて体が重い、調子がよくない。そういう日は「おかゆの日」に。

体が重いと体だけでなく、気持ちが引っ張られ同じように重く感じることがあります。そういう時は、一度リセットするようにします。できるだけ、日々、体も気持ちもかろやかでいたい。年々、硬くぎこちなくなっていく体と気持ちをできるだけ快適にするために見つけたわたしなりの方法です。

計量カップにお米を半分。たっぷりのお水で火にかけます。沸騰してアクをとったら弱火でことこと20分。途中からあまいお米の香りが漂ってきます。最後に塩を好みで加え、すこしだけフタをして蒸らしたらできあがり。お米と塩だけですが、できたてのおかゆはとてもおいしい。

そこに黒ゴマや梅干しを添えてもいいですし、日によっては玉子焼きや焼き魚などをならべれば、思いの外ゆたかなテーブルになります。

フランスの山のなかにある修道院での慎ましい暮らしの映画を観たことがあります。日々の食事はパンとスープ、自分たちの畑でとれた野菜。わずかなチーズとくだもの。それでもそこにいるひとたちは穏やかに生きていました。ゆたかな食事、健やかな日々というのは本当のところどういうものなのだろうと考えます。

かろやかに生きるため、気持ちよく体が動くため、時には食事そのものを軽くするのもいいと思います。きっとそのひとそのひとに適した食べ方やメニューがあるはずです。若い頃は何を食べても大丈夫だった体も年齢とともに変化します。自分なりの体調と気持ちの整え方を見つけていくのも歳を重ねていくなかで必要なことです。

25

55歳の鏡

「こういうものも必要になるんだ」とおどろきとあらたな思いを持つことがあります。

ホテルに泊まるとバスルームに拡大鏡が置かれていたり壁づけされているところがあります。以前は使うことがありませんでした。「どうしてここに?」と思っていたこともあります。でも、いまは、あるとうれしいもののひとつになりました。

ホテル同様、家にも拡大鏡を置いています。55歳になり半年すぎた時必要になったのです。1年前はなくても問題なかった。でも、ある時から必需品になる。歳を重ねるとそんなことが起こります。拡大鏡を使うようになりわかったのは「全然見えていなかった」ということでした。

CHANEL

選んだものはコンパクトなサイズのライトつきの10倍タイプ。売り場でその鏡をのぞいて見た時、笑ってしまいました。「わあ。55歳」と。

年齢的に近いところが見えづらくなっているのは、仕方のないことです。でも、それと見えていないことは別問題だとその時思いました。見えないからというのはある意味、言い訳だったのかもしれません。

このあたりのバランスはむずかしいですね。受けいれて気にしないようにしていけばいいのか、工夫ややり方で保てることがいいのか。これからはそういう場面が多くなり、その都度「どちらがいいのか」と考えるのだと思います。

ただ、鏡に関しては、わたしは拡大鏡を使うことを選んでよかったと思っています。何より55年生きてきたいまの自分を知ることができるのですから。

26 さよならファンデーション

いままでと何かがちがう。ある日、そういう思いをいだくことがあります。鏡のなかの自分と、思っている自分の差がひらいていく年齢です。似合う服が変わったり、髪型に違和感をいだいたり。メイクも同じです。

ある時から時間が経つとファンデーションが浮いてくることに気づきました。特に夕方になるとせっかくのメイクもしないほうがきれいな気がするほどです。20代、30代の時のメイクくずれとは明らかにちがいます。歳を重ねるといままでの方法は合わないとわかる時です。

最初は、使っているものを替えたりしていたのですが、ちがうブランドのものにしても感じることに変化はありませんでした。「これは、もしかしてメイクやファンデーションではなく、自分自身の変化なのかもしれない」。変わっていく肌――。季節が変わるように、自分も変わるのです。

色々試した結果、一番よかったのは「ファンデーションを使わないこと」でした。当り前のように使用していたものを止めるのはささやかなことでも勇気がいります。でも、仕方ありません。消極的な選択。こちらがいいから選ぶというのではない選択です。

いまは下地をつけ、パウダーをうすくのせるだけにしています。夜の食事などメイクをしたほうが失礼に当たらない場面の時、すこしファンデーションを重ねます。下地もいくつか試し、くずれにくいものにしました。

うれしいことにわたしが年齢を重ねるのに合わせ、いいものを考えてくれるひとたちがいます。だから大丈夫。60歳になった時、65歳になった時、それぞれのひとに適したものと出合えると思っています。

27 髪にふれる

ここ数年、もっとも変化を感じるのは、髪の毛です。まっすぐで量も多く強かった髪も、いまはクセがでて量もすくなくなりました。髪にふれるたび肌の変化以上に年齢を感じます。
色の変化もあります。最近は白い髪、シルバーの髪の毛をグレイヘアという呼び方をし、染めない方もふえています。きれいだなあと思う気持ちと、どのタイミングで、というところで、気持ちが往き来します。

シルバーの髪もきれいだなあと思う気持ちもあれば、変えるなら、いっそのことゴールドにしてしまおうかとも思ったり。髪の毛の色がシルバーになったらこの色が似合うようになりそう。ゴールドだったら、と想像するのはたのしいですね。変化のなかにたのしみを見つけていきたい。ある時「あ、いまだ」と思う日がくるのかもしれません。その日をいまかいまかと待っています。

Aesop
Aesop

28 うれしいを重ねる

どちらにしよう。朝のひかりのなか、色を確かめる。指先に色をのせるだけで、こうも気持ちが変わるものか——と毎回のように思います。

体のなかで自分が一番目にするのは指先ではないでしょうか。目に映るものがうつくしいと高揚感につつまれます。「うつくしい」が、自分の指先からはじまる。それがとてもうれしいのです。

ひとのうつくしさは、持って生まれたものもありますが、すごしていく日々のなかで身につけていくものでもあります。所作や立ち居振る舞い、清潔さや手入れは、自分で身につけていけることです。そのことに気づくと、歳を重ねてからのうつくしさは、うれしいの重なりのような気がしてきます。うれしいを増やしていく。自分自身にも、周りにも。

何に時間をかけるかは、そのひとの選択です。生きる時間がひとそれぞれのように、自分だけのうつくしさやよろこびもそれぞれです。そして、それらはいくつ持っていてもいいのです。他のひとにはわからなくてもよく、自分だけのうれしい。

指先の色を決める時、色をのせる時、わたしのなかのうれしいが動きはじめます。いつもの色。あたらしい色。指先なら冒険もできます。カップを持つ時。花を活ける時。キーボードを打つ時。そのうれしいが目に映ります。

29 風通しよく

家にとどまることを余儀なくされた時、日々していたのは居心地のいい場づくりでした。自分が居心地がいいと感じるのはどういうことだろう、からはじまり、日が経つにつれ、居心地がいいとはどういうことなのか、と掘り下げていきました。物事というのは進めれば進めるほど本質的なところへ向かっていきます。

その時思ったのは、気になっているなら「さあ、やってしまおう」でした。ああすればこうだから、や、こうするとこうかもしれない。何かをする時、先回りして考えすぎてしまうことがあります。時には必要なことかもしれませんが、ちいさなことはやってしまえばいいのです。しっくりこなければ元にもどせばいいだけなのですから。重い腰や止まっている思考を、えいっと動かしてしまえば後はやるだけです。

また、時間があってもやらないものはやらない。それもわかりました。気にしないという選択もひとつです。

時間があるのにやるかやらないか。それは人生と似ています。やりたいことは理由がどうであれ、ひとは優先してやるのです。

人生という時間はいつ終わるかはわからないということを目《ま》の当たりにする毎日です。自分が思い描くような未来になるかは誰にもわかりません。できるのは自分ができることをしていく、したいことをしていく。またはしないでいく。してもしなくても自分を責めることはありません。

わたしは、やりたいことはできるだけやろうとする考えなので、「そんなこと」ということでもやる時があります。

ずっと気になっていたのは、日常的に使うもののラベルです。

目にするたび気持ちがざわついていました。目立つための色やデザインは、家のなかでは雑音になります。調味料、瓶詰め、その他いろいろ。そのラベルを「はがそう」と思ったのです。そして実際、はがしました。結果は、やってよかった。毎日の「気になる」がなくなりました。でも、手を動かしながら思ったのは、ラベルをはがすようなものはこれから買わないようにしようということでした。手にしたもののラベルを毎回とることに時間を費やしたくない、と。

暮らしは、増やしていく、プラスしていくことより、減らしていく、マイナスにしていくことのほうがむずかしい時があります。55歳からは人生のまんなか以降の時間です。「気になること」はできるだけ減らし風通しよくいられたらいいなと思うのです。

30
ひとりでも

重いものを動かすことがこれからむずかしくなっていく――。

季節ごとに家具の位置を変えています。その時々でひかりの入り方や風の流れがちがうからです。でも、ある時思いました。重く大きな家具は大変だ、と。それから家具を徐々に変えていきました。

ダイニングテーブルは、細長いテーブルを3台つなぎ合わせたものに。本棚は分割できるもの。ベッドはベッドマットの代わりにおふとんに。

うれしいことに質のいい家具をつくってくれるひとが近くにいて、そのかたと話し合いながら、形やサイズを決めました。ひとりで動かせるもの。運びだしやすいもの。うすく繊細な形。統一感のあるもの。できれば、いくつかの用途を担えるもの。そんなふうに。

その結果、並べたり、つなげたりすればひとつの家具のようになり、別々に使えることもでき、場面や季節、気分によってひとりで簡単に移動できる家具になりました。

これは本当に使い勝手がよく、居心地のいい場所にすぐ移動できます。ねこがいつも気持ちのいい所にいるように。

いま、ひとりで動かせないものは、３人掛けのソファーだけです。これは30代半ばから使っているもの。男性ふたりでも運ぶのが大変で、引越しのたび申し訳なく思います。

座りごこちがよく、気に入っているので使っていますが、そのうち手放すかもしれません。でも――。ひとつぐらい重いものがあってもという気持ちもあります。ソファーにこしをおろし本を読んだり、コーヒーをいただくたび「もうすこし」と思います。

31 住まいについて

ちいさくてあたたかな家がいい。ここ数年、住まいには、同じ思いを持ちつづけています。

引越しが苦にならないので、何度か暮らす家、場所を変えてきました。はじめての土地で暮らすたのしみ、窓から見えるあたらしい空は、いつも新鮮な気持ちになります。

住み替えをするなかで感じたのは、最終的にはコンパクトであたたかな家がいいということ。季節ごとの風を感じながらも、体に負担にならない室温、湿度。すべてが管理されたところがいいわけではなく、四季それぞれのなかで快適に健やかに暮らせる家です。

バスルームとトイレの大切さもわかってきました。体が弱った時にどのくらいの広さが必要なのかも考えるようになりました。バスルームやトイレは、リビングなどに比べると後回

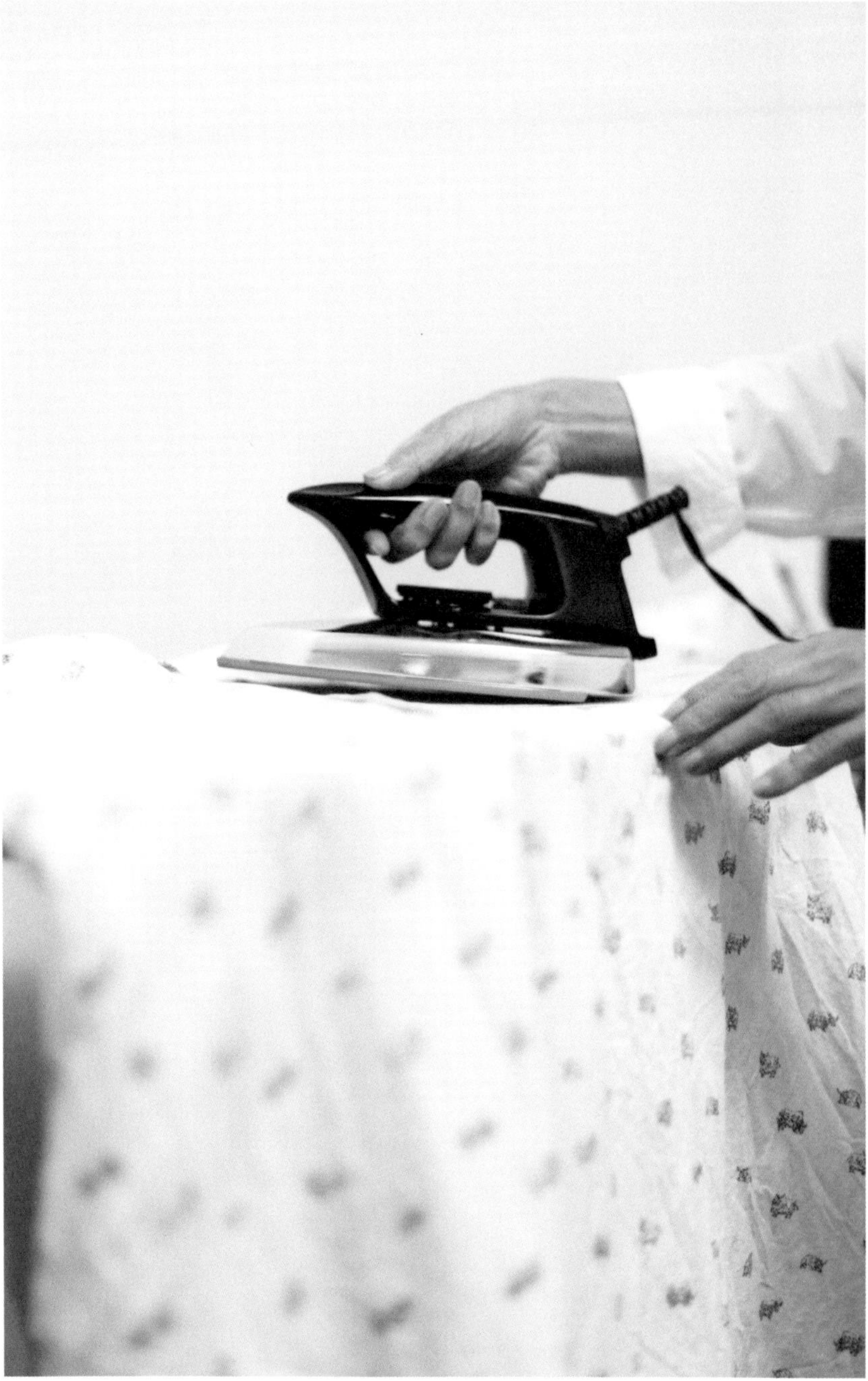

しにされがちですが、とても大事です。

仕事で空間ディレクションに携わるようになり、また自分自身の年齢のこともあり、これからは歳を重ねたひと、重ねていくひとたちのための家づくりをしたいと思うようになりました。暮らしやすく、あたたかで、清潔を保ちやすい空間。また、手伝ってもらいやすい、動きやすいレイアウト。気持ちのいい風景が見える窓の切りとり方、採光。家族単位の変化があっても快く過ごせるフレキシブルな間取り。プライベートを保ちながらもゆるやかに外とつながる佇まい。

移り変わる景色を眺めながら、季節のものをいただき、心地よく過ごしていくため。自分の人生を生きるため。快適な住まいは必要です。

32 5年ごとのポートレート

5年ごとに写真を撮ってもらおう。55歳になったいまそんなことを考えています。

きっかけは、50歳の時に「50歳のわたし」の写真を撮ってもらったことです。その時「いま、わたしはこういう感じなんだ」と改めて思いました。40代とはちがう肌や体。手や指先の感じも変わっています。髪色も変わり、考え方にも変化が見られ、そこには50年生きてきたわたしがいました。

なかなかいいじゃないと思いました。すべて思い通りにきたわけではありません。でも、自分なりに真摯に選択してきた先にいまの自分がいます。

物事の渦中にいると大変なことでも、過ぎてしまえば結果ＯＫだと考えています。起きたことは変えられませんが、受け止め方や物事の意味は、自分次第でどんどん変化していきます。50歳の時は50歳の受け止め方、55歳は55歳の見え方があるのです。

普段、自分の写真はほとんど撮りません。仕事以外で撮ってもらうこともありません。旅先での記念写真などは皆無です。でも5年ごとぐらいなら撮影も億劫《おっくう》ではないですし、変化も明らかです。それにプロにポートレートを撮影してもらうのは、実のところたのしいのです。うれしい変化だけではないでしょう。でもね。それもそれ。「うわ」や「えっ」も受け止めて。

55歳の写真は、50歳の時に撮影してくれた友人のカメラマンに撮ってもらうことにしています。そして60歳になった時にも同じように撮影してもらえたら。

途中、もしものことがあれば「お別れの会」にはその写真を使ってもらおう。そのくらい人生は何があるかわからない。だからこそ、5年ごとのポートレートなのです。

33 年に一度

一年に一度、たのしみにしていることがあります。ピアノの演奏会に出向くことです。

数年前、たまたま目にしたショパン国際ピアノコンクールのドキュメンタリー番組。ひとりのピアニストに目がとまりました。アジア人特有の繊細さと熱量のある演奏に魅了され、番組を観つづけました。そして優勝した若きピアニスト。彼の名前はわたしの記憶にインプットされました。

翌年、日本で演奏会があることを知ります。チケットをとり、赤坂にあるホールに足を運びました。その日の演奏はすばらしく、終わった後、不思議な高揚感に包まれたのを覚えています。生きる力をもらったと言ってもいいくらい。音楽の持つ力。ライブならではの音。ピアニストの姿勢。それは、その日その時、その場にいないと受けとれないものばかりでした。

「これから毎年、演奏を聴こう」

自分よりずっと年下のピアニストがどんなふうに歳を重ね、演奏をし、生きていくか見つづけたいと思ったのです。そんなふうに思うのは初めてのことでした。たまたま観たドキュメンタリーがわたしをそこまでつれて行ってくれたのです。

それから1年に1度、東京で演奏がある時は訪れています。ホールに入るとしずかなざわめきに胸が高まります。ロビーでワインをたのしんでいるひと。仕事帰りに駆けつけたのか、サンドイッチを頬張る姿。カップルや家族、わたしのようにひとりで来ているひとたちみんなからその日の演奏、才能への期待が伝わってきます。

若い時から、そういった演奏会のたのしみを知っているひともたくさんいると思います。わたしは歳を重ね、ピアノ曲がすきだと気づいたことからあたらしい音楽と出合えました。それがたまたま50代になってからだったのです。それでも十分にたのしく、この先もまだたのしめそうです。

演奏会の日。その日だけはいつもよりエレガントな服に袖を通します。すこしヒールのあるクツを履き、きちんとメイクをして、ホールへ向かいます。若きピアニストの才能と努力への、感謝の思いを胸にして。

34 時を経て

浴衣に袖を通した時、夏の空気とともになつかしい風景を思いだしました。

その日「浴衣だったらここへ」というお店へ知人が案内してくれました。東京の下町。あまり訪れたことのない地域です。ビルとビルの間には、古い建物が残っています。商いを営んでいる店舗はその佇まいから、わたしが生まれる前からそこにあった風格を醸しだしています。大通りの喧騒から離れたところにその店はありました。

店の方と連れて行ってくれた方とで浴衣を見立ててくれます。古典的な柄にあたらしい色。定番の模様に、昔からある色。目の前には、さまざまな浴衣の反物がならびます。

気になったものを手にとり、肩にかけ鏡を見ます。どれもいい気がしますし、もうすこし似合うものもありそうです。

持っている浴衣は、20年前にあつらえたものです。ここ数年、浴衣を着るたび違和感がありました。当然です。20年も経っていたら似合う柄も色も変わってきます。むしろ、それだけ着つづけたことに自分でもおどろきます。

お店の方に、手持ちの浴衣の写真を見ていただきました。すると「ああ」とその方はつぶやき、奥からあらたに浴衣地を持ってきてくれました。その手には、わたしの浴衣と同じ模様――万寿菊――の色ちがいの反物がありました。

色は、グレー。シックです。浴衣は、ぱっと目をひくものもすてきですが、色を抑えたものは涼しげで夏の風景をひきしめてくれます。最終的にわたしは、その生地にすることに決めました。夏の夜の空や風を思います。

今回、同じ柄の色ちがいを選んだのは、すきなものは変わらず、でも、変化もしているところもある、ということでしょうか。変化をもたらしているのは、時代の空気とそこで生きているわたし自身です。年齢と、いいと感じるもの。以前は、似合わなかった抑えた色もいまは似合います。

20年前、浴衣をあつらえてくれたのは母でした。あたらしい浴衣を母が見たらなんと言うでしょう。買い求めた場所はちがいますが同じ反物屋の生地です。「あら。いいんじゃない」。そんなふうに言ってくれる気がします。

35 やっておきたいリスト

毎朝その日に「やることリスト」を書きます。仕事のこと、生活のためのこと、自分自身のこと。リストには、その日のうちにやるべきこともあれば、できたらいいということまで書いています。可視化しておくことが大切と思いつづけている習慣です。

それと同じように、この人生でやること、やりたいことリストも書いています。半年、一年ごとに書きかえ、思いつくことがあればすぐ書き加えます。

以前は、あれもこれも書いていました。「この日に書くといい」という日があれば、その日に書いていたこともありますが、いまは自分のタイミングで書いています。また、細々《こまごま》と書くより、ざっくりになり、数もぐっと減りました。

ここ数年、書きつづけているのは「犬といっしょに暮らす」「サンティアゴ・デ・コンポ

ステラへの旅」「湧き水の近くで暮らす」です。書きつづけているというのは叶っていないからなのですが、どれも自分次第でいつか叶うものだと思っています。

２０２０年、いままでのように自由に旅に行くことができなくなると世界中のひとが知りました。「いつか」は、当分の間、本当に「いつか」になってしまったのです。

でも、書きつづければいいのです。自分で自分の人生を生きるためのリストなのですから。叶うか、実現できるのかももちろん大切ですが、そう思える何かがあるということが必要なことでもあるのです。自分の気持ちがあたらしくなる。前に進もうと思える。目ざしたい何かがある。そのための「やっておきたいリスト」です。

36 老後はない

あるひとと話していた時、そのひとが「老後なんて本当はないのに」と言いました。ひとの一生はずっとそのひとのままです。便宜上「ここから老後です」「何歳から老年期です」と言われるからそう思うだけのこと。そのひとは、何歳になっても自分は変わらず自分のままでそれがつづいていくだけ――と言葉の真意を話してくれました。

ひとそれぞれ区切りというものがあります。つづけていた仕事の区切り、子育ての区切り、年齢により住まいを移すことなどもそうだと思います。だからと言ってそれが「老後」になるわけではありません。老後になったらこうしよう、こうしなければ、というより、いまの自分の延長線上にいる自分がその時に合わせていけばいいのです。

「老後なんてない」と思うと、霧がかかったように見えなかった先にある道がぱあっとひらける感覚になります。老後というと急に不安になったり、大丈夫かなと心配になったりしますが、結局は自分のできることをして、生きていくしかないのです。準備できることがあれば準備をして、調べたり教えてもらったりしながら。たとえ備えていたとしても、世界そのものが変化することがある。わたしたちはそれを経験しました。そういうことになったとしても、やれやれと受け止め、気をとり直し歩いていきます。

わたしは仕事ができるうちは仕事をしようとずっと思ってきました。いつか仕事ができない時がくるかもしれませんが、その時でも人生を引退するわけではありません。それは仕事は誰かにやらされるためのものではなく、自分のため、誰かのために、自らやるものだと思ってきたからかもしれません。それを、いままでも、いまも、これからもつづけていく。

そこには「老後」とはちがう別のものがあります。形が変わる別の章がはじまる空気が漂っています。それぞれのひとが手にしているそのひとだけの時間。人生という旅はつづきます。よい旅になりますよう。

37 この窓から見える景色

弱っていると、まぶしいものから目をそむけたくなる時があります。輝きは勇気をくれる時もありますが、受けいれられない時もあります。また、弱さに気づけない時もあります。そんなふうに、揺れ、気づき、変わる。歳を重ねることはそういうことだと思っています。

一度だけ入院したことがあります。短い期間でしたが、時間に関係なくそのできごとはしばらくの間、わたしのなかに冷たく硬いものとして残りました。この世界にはどうにもならないことがあるというのもその時わかりました。

こどもの頃は、努力をすれば、ほとんどのこと、ものごとは叶うと教えられてきました。けれど、歳を重ねると、そうではないことがわかってきます。でも、それは、その時は悲しくつらいことだったとしても、叶わなかったことはやがてちがう形になり、誰かの、何かの役に立つこともあります。

弱っている時、わたしに寄りそってくれたのは、静かな音や言葉でした。大きな音や大げさな言葉は必要なく、どちらかと言うとそれらは辛かった。

鳥の声や木々のゆれる音、本のなかの一行、友人からの手紙、カーテン越しに届くやわらかな陽差し。それらが、わたしの目という窓から見える風景にすこしずつ色をとりもどしていってくれました。

長い時間生きていると、弱る時期というのが訪れることもあります。その時、自分という窓から見える景色を閉じてしまわないようにと願います。何かが、誰かが力をくれ、風景が再び色づく日があるのです。

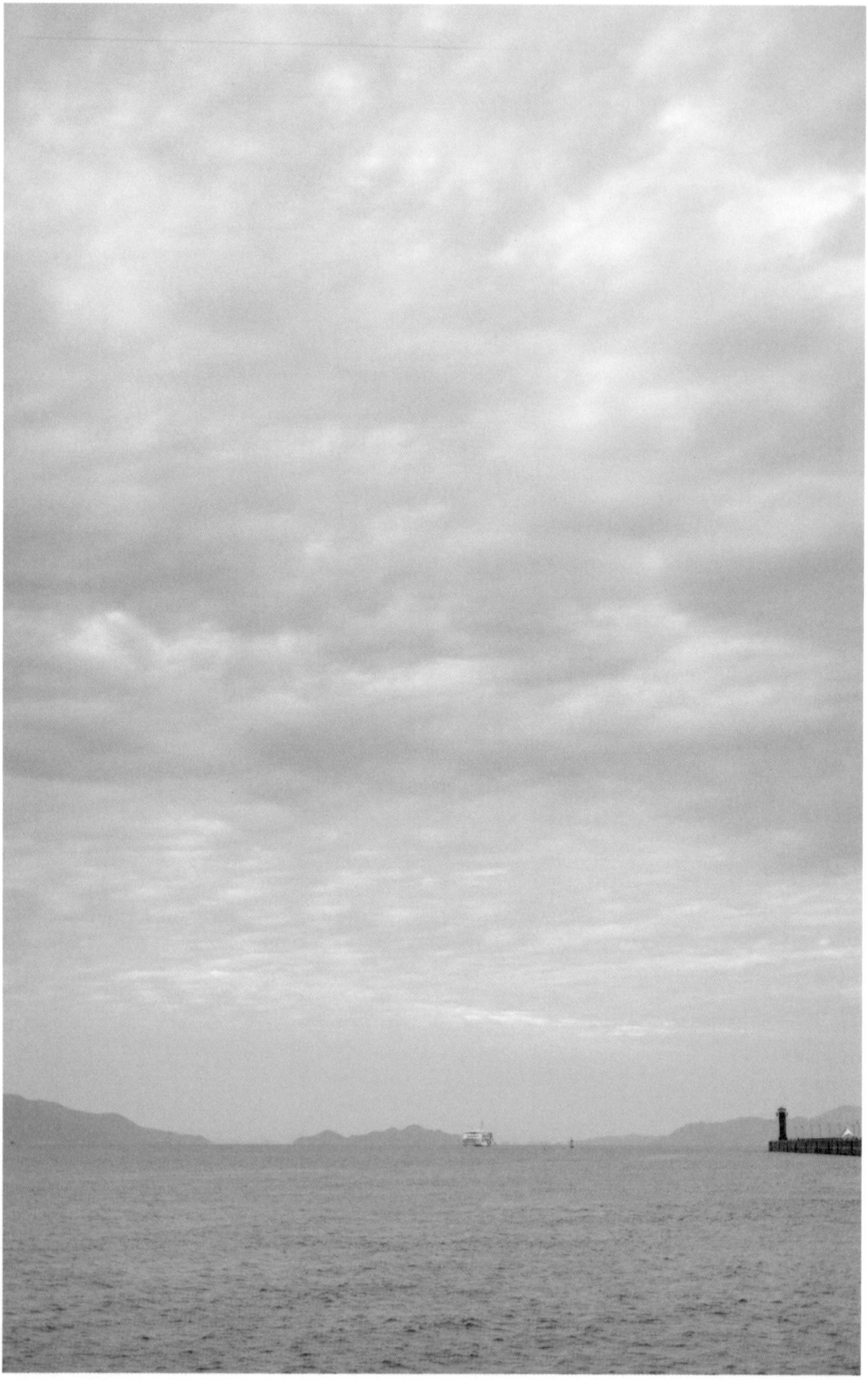

38 風景を切りとる

「歳を重ねることはすきてなこと」。時々、そういう言葉を目にします。わたしもそう言う時もあります。でも、本当にそうなのだろうか——と思う時もあります。

では「歳を重ねることはすてきなことではない」というとそうではないと思います。歳を重ね気づくこと、わかることは、実際たくさんありますし、経験が力になることも事実です。時間や年齢を重ねることは、ひとを成熟させ、うつくしいものが何かを教えてくれます。

歳を重ねることはすてきなことでもなく、すてきでないことでもなく、ただ、歳を重ねていくだけのこと、と思うようになりました。そう。歳を重ねていくそれだけのこと、と。

すてきに歳を重ねたいひとは重ねる選択をすればよく、できない時は無理せず、したくなった時にすればいい。もてはやされたり、煽《あお》られたりする必要もありません。

人生は「風景をどんなふうに切りとるか」です。

わたしは、気持ちよくかろやかでいたいと思い、そうなる選択をしてきました。実際にそうなっているかどうかはわかりませんが、いまここにあるのは、わたしの選択しつづけた結果の風景です。

わかっているのは、時間はいまのところ一方通行でもどらないということと、手にしている時間は、やがて終わる時がやってくるということです。それは、わたしたちだけでなく、傍《そば》でまどろむねこも、何百年と生きる樹々も、星も。すべてのものは、厳《おごそ》かに時間を重ねいつかはねむりにつきます。

それまで自分がどういう風景のなかにいたいか。自分らしい風景の切りとりかたを見つけることが、人生の宿題なのかもしれません。

39 こどもについて

望んでいても叶わないこともある――。それが痛みが伴ったできごとだったとしても、多くのひとはそれを受け止め生きていきます。わたしもそうです。そしてその痛みはいつしか自分の人生と同化していきます。

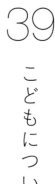

わたしにはこどもがいません。望まなかったわけではなく、結果的にこどものいない人生になったというだけのことです。それは自分ではどうすることもできないことでした。生命が宿り無事に産まれるというのは当然のことのようですが、決してそんなことはないのだとその時知りました。同じ年代のひとたちが当り前にできていることができない自分に劣等感をいだくこともありました。

こどもがいないことで傷ついたことも幾度もあります。傷つくというと大げさかもしれませんが、誰かの言葉や行いに胸が痛くなることはすくなからずありました。

言葉を発したひとにとっては大したことではなく挨拶代わりくらいの気持ちなのかもしれませんが、その度に説明することもできず、ため息をつくこともあれば、悲しみから黙りこむこともありました。

また、誰かと比べることは意味がないことだとわかっていても、どうしてかこどもに関してだけは「自分は自分」と思えない時期も長くありました。何年もその痛みはわたしの体のなかにあり、日頃は忘れていても体のどこかで何かの時チクっと痛みつづけました。

こどもがいないから自由でいいという言葉や初対面にもかかわらずこどもの有無を質問されることに対し、どれだけ神経質だったか。

いまはそういうことを言われる場面もなくなり、また、そういうことを言葉にすることがよしとされない世界になり、歳を重ねること、時代が進むことで解放されることもあるのだなと思っています。同じ立場のひとのなかにもそう感じているひともいるかもしれません。

こどもがいたら全くちがう人生になっていたかもしれません。こどもがいてもあまり変わらないかもしれません。どちらにしてもわたしはわたしの人生を生きていくしかないのです。この人生を自分のフォームで泳いでいく。

晴れた日、水面がきらきらしたなかで泳ぐこともあれば、肌寒いなかで泳ぐ日もあるかもしれません。傍観者は色々言うかもしれませんが、泳ぐのはわたしです。若い時のような泳ぎ方ができなくなっていくなかで誰かと比べる時間はもうありません。人生は勝ち負けではないのです。その歳その歳で、できるだけ泳ぎやすい場所で、心地いいフォームを見つけられたらと思います。

40 いつものサンドイッチ

50代にもなると自分を含め、家族や身近なひとの体調の変化や病気など、それまで経験していないことと出合います。突然訪れる別れや、いままでと変わる状況。多くのひとが通る道です。心配したり、くよくよしても、何かが変わるわけではないので、そういう時もできるだけ自然なことと受け止めようと思いますが、そう思っていても戸惑うことも多々あります。

家族が入院することになり、ゆれ動く気持ちのまま、早朝病院へむかいました。医師からの説明、様々な手続きを終えた後、陽が傾く頃病院を後にしました。つかれた体と気持ちを抱えたまま地下鉄に乗りこんだ時、ふと、空腹なことに気づきました。そういえば朝から何も食べていなかった、と。陽が暮れる時刻。その時「そうだ。あそこに寄ろう」と思いついた場所がありました。時々行くお店です。

その店でいつも頼むのは、サンドイッチとミルクティです。その時も同じように「いつも」のものをお願いしました。そして、サンドイッチが来るまでの時間、これからのことやどうするのがいいかなど、ぼんやり思いをめぐらせていました。

しばらくしてサンドイッチが運ばれてきました。ひと口サイズにきれいに切りそろえられたサンドイッチ。ちいさなひと切れを手にとり口に運びます。と、その時、思考が一瞬で切り替わりました。ぼんやりしていた気持ちと体が一気にもどったのです。

それは、いつものサンドイッチをいただいたことで、わたし自身が、いつもの自分を思いだしたのでした。そう。何があってもできることをする。心配しすぎず進むことを考える。そう思える自分です。

気持ちを切り替えてくれたのは、サンドイッチでした。考えごとでいっぱいの頭のなかを「いつも」のおいしいが、わたしをわたしにもどしてくれたのです。サンドイッチとたっぷりのミルクティをいただきながら「明日何をすればいいか」を考えました。

様々なできごとがやってくる年齢です。自分のこともそうですし、自分以外のことも色々起こります。そんな毎日のなかでそれぞれのひとが「いつも」のを持っているはずです。あの風景やこの香り、味、手ざわりや誰か。わたしたちは、そういったものやひとに助けられながら、日々、生きているのです。

41 気持ちのいい病院

元々、病院へ行くことも薬もなるべく服用しない暮らしですが、そのうち通院するようになる時期が訪れるかもしれません。
病院は、すこしの滞在でもつかれます。長い待ち時間は体も気持ちも消耗します。そんなこともあり、わたしにとってはなるべく行かないで済むならそうしたい場所です。

ある時、そう感じない病院に出合いました。長時間いたのですが、それまでのようにぐったりすることがありませんでした。待ち時間もありましたが、できるだけ待たないようなシステムになっていてその工夫も見てとれました。テキパキとしていて、でも事務的かと言うとそうではなく親切で。病院全体に「回復」を目指している空気が流れているようでした。

その時、わかりました。結局、病院も、ほかの場所や建物と同じように、気持ちのいい病院もあるということが。

清潔は当り前かもしれませんが、すべての場がそうとは限りません。説明の丁寧さやわかりやすさなども施設やひとにより様々です。わたしが出合ったその病院は、医師が話す相手と目線を同じ高さにして話してくれました。そういうところが、すべてに現れているのかもしれません。

これから病院へ行く回数もふえていくかもしれません。痛みや体調がわるい時、それ以外のことで憂鬱になりたくないと思います。事前になんとなくここはよさそうと調べたり、誰かから教えてもらっておくのもひとつだと思うようになりました。近くでなく距離があっても気持ちのいい病院の方が回復も早そう。

これからは気持ちのいい場所リストのなかに、あらたに「病院」のインデックスをつくる予定です。

42 これからのデザイン

歳を重ねると必要なものが変わってきます。自分で選べる時は気に入ったものやすきな所を選択できますが、そうできない時がやがてきます。

公共施設に行くとおどろくことがあります。雑然としているところが多いからです。管理ができていないというより、置いてあるもの、使っているものが、元々、雑然としているのでしょうね。だから、そういうものが置かれ集まっていれば、当然その場も雑然とします。特殊なもの、専門的なものは別として、テーブルや椅子、案内のサイン、ユニフォームなどは、もっともっとよくなる分野です。

そんなことを感じるひとつは、医療機関です。機器類は別として、検査着ひとつ、待合室に置かれている家具、飾られている絵などを目にして気持ちがしずむことがあります。そして思うのです。自分が通院する時、入院した時、こういうものに囲まれていたくない、と。実際には、それどころではないかもしれませんが、そのことを考えると「できるだけ健康でいよう」と思います。

そもそもいいデザインのものを作ろうとしていないのだと思います。公共の場での最優先は、まちがわない、わかりやすいです。でも、それと同時に気持ちよさや居心地を考えることもできるはずです。長時間いなければならない空間、最後の場所になるかもしれない所で、どうすれば気持ちよく時間をすごせるか――。デザインがひとを助けてくれること、訪れるひとの救いになることを理解すれば、その場は変化していきます。

自分がここにいる時間が長くなるかもしれない。そういう視点で空間や場所を見はじめると、ちがう景色が見えてきます。自分自身の問題として捉えると気づいていくようになる。そういうところに目がいくのは、それだけ歳を重ねたということでしょうね。

多くのひとがここちよく過ごせる。質のいいケアを受けられる。その考えがいきわたることを願っています。

43 大人になるのはむずかしい

仕事は、たのしい面とそうでない面があります。充実していると感じられるようになる背景には表にでないこともあります。葛藤や迷い。立ち止まること。それは、仕事だけでなく、何かに真摯に関わっているひとには、誰にでもあることだと思います。そして、それらを敢えて言葉にせず進んでいく。そうすることで、やがて、自分本来の力以上のことができるようになっていくのです。

ひとりで仕事をしてきたわたしが、あたらしい仕事に携わるようになり、何人かで仕事をするようになりました。

関わるひとがふえ、スケジュールが組まれ、いままで接したことのないひとたちとのやりとりのなかにいます。

いままで自分がどれだけ護られたなかで仕事をしてきたのか、と改めて思いますし、いくつになっても学ぶことはあるものです。

同じ方向を見たひとばかりではないなかでの言葉のやりとりやそれぞれの立場。自分を省みる場面も多く、仕事をはじめた頃のような気持ちになります。

そういった混沌としたなかでさらりと対応し、淀みなく流れる川のようになれば、本物なのかもしれません。

感覚を鈍くすることなく、目の前で起こることや、聞こえてくる言葉、違和感のある価値観でさえ、俯瞰して受け止め、高い視点でものごとを捉える。

もし、それが「大人になる」ということであるならば、やはり――。大人になるのはむずかしい。

44 大人のライン

とあるメゾンを訪れた時のこと。その日は、作品の鑑賞とともにピアノの演奏会がありました。訪れたひとは誰でもはいれる、幅広い年代のひとたちが演奏をたのしみにしていました。無機質な広い空間に置かれたグランドピアノは、ピアノそのものがひとつの作品のようでした。

演奏がはじまってからしばらくすると、観客のなかにいたちいさなこどもたちが騒ぎはじめました。立ったり走り回ったり、ちいさな声ですが話しはじめたのです。演奏会場でなければ気にならないことですが、静かな場所です。ピアノの音よりそちらが気になってしまう場面でした。なんとなく不穏な空気。

―曲目の長い演奏が終わった時は、ほっとしたほどです。演奏とは別の緊張感から解放された空気がありました。その時です。ピアニストがこどもたちに声をかけたのは。「ここからは大人の時間です。こどもたちは外へ」。

多分、そのひとがそう言わなければ、つぎの曲の時も同じ状態になっていたでしょう。演奏にも支障がでたかもしれません。何より聴いているひとたちがそわそわしてたのしめません。そのことをきちんと言葉にして伝えたピアニストの姿は大人でした。

こどもがいてもいい場面とそうではない場面があります。それを感じ、その場にふさわしくないとわかっていても、多くのひとは言葉を呑みこんでしまいます。けれど、そのひとは、きちんと言ったのです。

寛容さも大人の表れですが、きちんと伝えることも大人の表れです。必要なことを言葉にする。その場にふさわしいルールがあることを伝える。

そのメゾンの前を通ると、そのことを思いだします。「ここまではよく、ここからはちがう」というライン。そのラインをきちんと引けるのも、大人です。

45 最後の集い

親しい友人のひとりは、自分の「お別れの会」の時、本棚にある本をひとり1冊、持ち帰ってほしいそうです。「忘れないように」とそのことを頼まれています。彼女がどんな本を読み時間を紡いできたかがわかるはずです。それがいつかはわかりません。どちらが先に亡くなるかわかりませんが、きっと清々しい「さよなら」ができる気がしています。

わたしも友人と同じように、使っていたものをそのまま使ってくれるひとに持ち帰ってほしいと思っています。家具、食器、すこしの着物。置いておけば処分されるだけです。大切にしていた椅子やライトなど、よければと考えています。

「お別れの会」は気持ちのいい空間でできたらうれしい。味気ない会場なら自分の住まいがいいですね。山小屋のようなところもいいなあ。息を切らしながらのぼってきた山道の先にあるちいさな空間。そこですきな音楽を流し、おいしい食事を親しいひとが作り、さっと見送ってくれる。それが理想です。

でも、それが叶わなくてもいいのです。その時になればその時に適したお別れになるはずです。

大事なのは、もしもの時「こうしてほしい」と笑いながら話せるひとたちがいることです。あのひとにこれを頼んでおこう、これを伝えておこう、とお互い希望を言い合えるひとがいるということ。最後の希望はそのひとの生き方と重なりますね。

忘れることもあるので希望は何人かに伝えています。そのひとたちの顔を思いうかべる時、不思議なことに「さよなら」なのにあたたかな気持ちに包まれます。

46

変わっていい

気持ちは変化してもいいものです。すきだったものが変わる。その反対も。生命は生きやすいように変わっていくのが自然なこと。源となるその変化を受け止めれば、気持ちもそれとともに変化していきます。

2011年45歳の時に暮らしていた所は、太平洋が見える高台の土地でした。庭に畑をつくり、野菜を育て、それをささやかな食材にする。コンポストをつくり、ゴミはなるべくださない。できた土は畑に返す。オーガニック。エネルギーの循環。手作りの食材。ちいさな規模でしたが、そんな日々でした。いまは、その場所から離れ瀬戸内の土地にいます。そして思います。すごしてきたその時間、経験したことを、これからは自分らしい形にしていければ、と。

たとえば「循環」です。以前は自分でできることは自分でと考えていました。けれど、いまは、誰かに委ねられることを含めた循環がいいと考えるようになりました。自分でしてしまうことで、見知らぬひとのつくったすばらしいものや仕事がなくならないようにと思うようになったのです。広い範囲のなかで循環ができれば。

バランスという言葉を深く思うここ何年かです。

こちらから見たらこうだけれど、あちらから見たらまったくちがうように映る。それぞれが正しいと思い、反対側をちがうと思う。でも世界にはどちらでもない点があるのです。考えずにどちらでもいいというのではなく、考えた上でジャッジせず、いいと思うバランスをとる。

経験したことは時間が経つと、洗練されていきます。時間が経験を濾過《ろか》し、澄んだものにしてくれます。自分なりに洗練したものを日々のなかにちりばめていけたら。

考え方や物事の見方、在り方を洗練していくこと、されていくことがひととしての成熟なのかもしれません。自分にも。周りにも。まだ見ぬ世代にも残せるものとして。

47 はりさし

昔の写真、こどもの時のもの、手紙、そういったものは手元にほとんどありません。唯一こどもの頃のもので持ちつづけている、使いつづけているものがあります。はりさしです。

小学校の家庭科の授業で教材としてみんな同じ裁縫セットを受けとりました。プラスチックの四角い箱。なかには糸切りばさみ、針、糸、定規などといっしょにはりさしがはいっていました。

小学校なので自分の持ち物には名前をつけないといけません。定規などは油性のペンで名前を書きましたが、はりさしはそうもいきません。「どうしよう」と思っていたら、母が名前を刺繡してくれました。

はりさしを持ちつづけているのは、ただ、なんとなく、です。このはりさしが特別気に入っていたわけではありません。どちらかというと多くの教材と同じように適当に造られた感

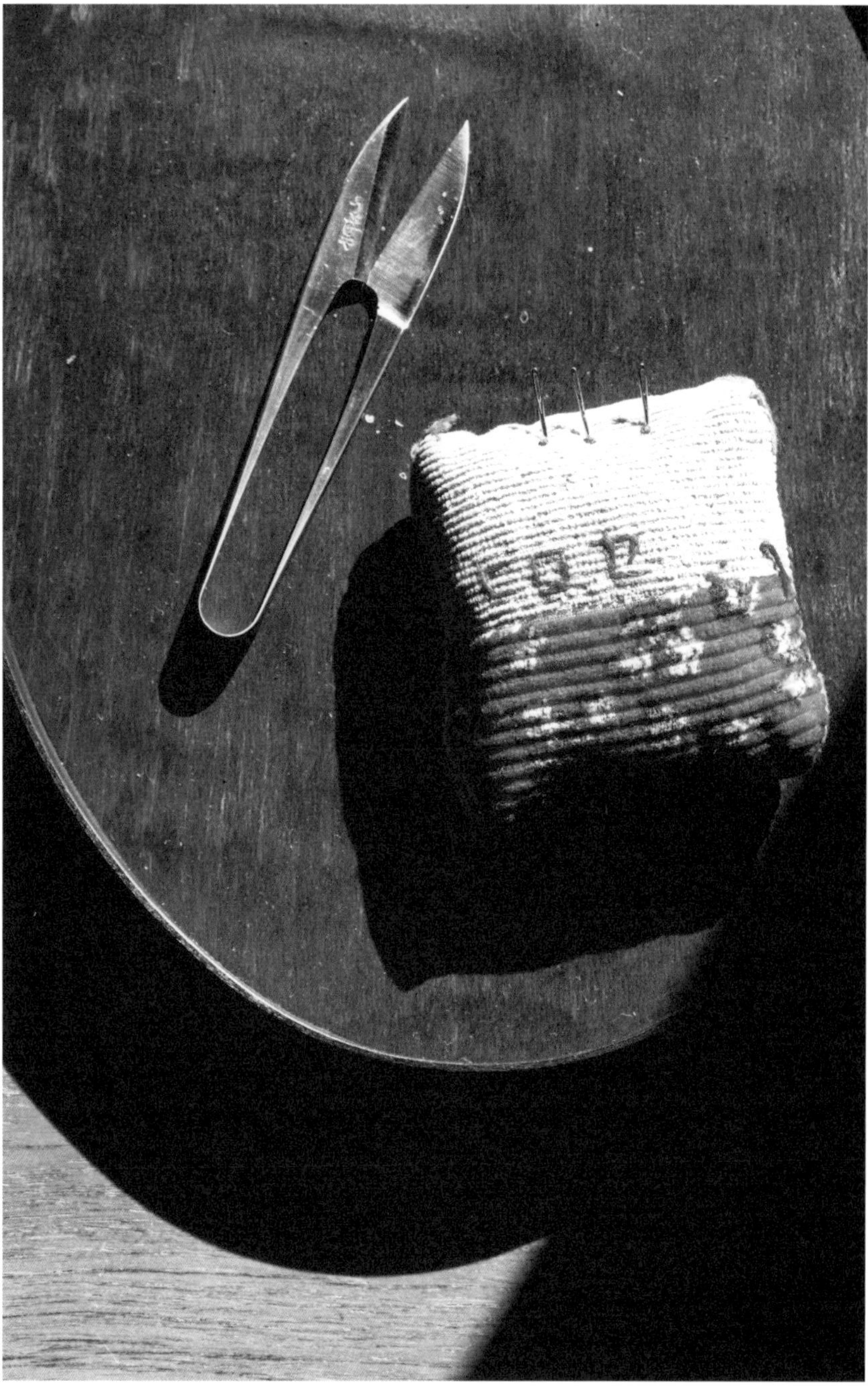

があります。大人になり気に入ったはりさしに出合わずいるというのも、使いつづけている理由かもしれません。ただ、なんとなくで持ちつづけていましたが、ある時から、特別なはりさしになりました。

母は針仕事がすきでした。こどもの頃の服は、ほとんど母が作ってくれていました。その母が針仕事やミシンを使えなくなった時、わたしにとって特別なものになったのです。ひとにはやがてすきなことができなくなる時がくるのです。

そうしてこのはりさしはわたしの手元にいまでもあり、なんとなく、でも唯一のものとして使いつづけていくでしょう。

48 いっしょにお茶を

こころのなかに暖めたままのものがあります。

そのひとのエッセイを読んだのはずいぶん前のことになります。描く絵がすきなことから、エッセイを手にとるようになりました。ある日、手にした１冊は、病になってからのエッセイでした。深刻な状況とは反対に、いつものようにからりとした文章は、そのひとらしさを表すものでした。

あるページで手が止まりました。それは、同じホスピスにいるひとと、院外でお茶を飲みたいと思ったけれど行きたい店がなかった——そんなことが綴られていました。その時です。わたしのなかに種がまかれたのは。種に名前をつけるとしたら「場」。そんな名前でしょうか。

「いっしょにお茶を」という言葉がすきです。そのなかには、言葉以上のものがあります。たとえば——時間や思い——です。お茶を飲むということを通し自分の持っている時間や思いをそれぞれが渡し合う。そういう意味も含まれていると思っています。ただお茶が飲みたいだけではないのです。お茶を飲むという形をとり共にすごしたいのです。
話したいことがあれば話し、聞きたければ耳をかたむけ、時にはそのひとがいるだけでいいということもあります。カップを前にして、生きているこの世界、よろこびをいっしょに感じたいのです。

そのエッセイを読んでから、わたしのなかには「場を持つ」ということがずっとあります。自分の場でもあるけれど、誰かの何かの場にもなりうる。そんな場所。

時々、そういう場を設け時間を持つこともありますが、継続はしていません。
ひとりですごしたい時。誰かと共にすごしたい時。そのための場が持続的につくれた時、あのひとにまっ先に来てほしい。そこでおいしいお茶とお菓子をテーブルに置き、時間のゆるす限りすごしてほしいと思います。

それはもう叶わないことですが、まかれた種は芽をだすことをあきらめてはいません。

ホスピスのなかから本を通しまかれた種は、何年もそこにあります。きっとわたし以外のひとのなかにもその種はとどいているはずです。

49 親しいひとと

歳を重ねると、親しいひとというのは本当に大切な存在だと改めて思います。価値観を共有できる、通じ合う思いがある、お互いを認め合える。そういうひとの存在です。

世間話や挨拶は誰とでもできますが、日々感じていることや価値観、違和感の共有、未来への思いなどは、すっと話せることではありません。それは、思いや考えることが深くなればなるほどです。

そんななかで思っていることを自然に話せるひとは、年齢とともに大切な存在になります。自分が自分でいていいということを静かに肯定してくれるようです。

そういうひとと共に時をどれだけ過ごせるかが、これからの時間をゆたかにしてくれると思います。頻繁に会えなくても、距離があっても、立場がちがっても、それは可能です。
100年前にはできなかったことが、いまはできるのです。

メールでのやりとり、画面を通して。何かを送ってもいいですね。そのことでも、そのひとを感じることができます。遠くにいるひとの存在さえわからなかった時代、文字だけでやりとりしていた時、声だけはリアルタイムで届けられるようになった世界。それらを経て、わたしたちは24時間、ひとの存在を感じられるようになりました。ある意味、世界はどんどん狭くなり、距離も時間も超えられるようになったのです。

手放さなければならないものは、いつの時もあります。でも、形はちがっても受けとるものもあるのです。

出会うひとやできごとはそのひとに必要ならば、準備ができたらいいタイミングでやってきます。距離があっても、世界が変化しても、お互いが必要ならばつながっていけると思っています。

50 手のなかにあるもの

こぼれ落ちたあと、手のなかに残ったものが、自分のスタイルなのではないかと思うようになりました。

以前は「スタイルは自分でつくるもの」と一方向から見ていましたが、別の方向から見ると手にしたもののなかで時間を経て残ったものが自分のスタイル、と思うようになりました。見えている結果は同じようですが、在り方はすこしちがいます。

様々なことが一段落したり、区切りがついた時、気持ちは「次へ」となります。こうしたい、ああしたい。でも、そこでひと呼吸置き、足元に目をやると、いままで培ったものがそこにあるのが見てとれます。人間関係、住まい、仕事、体、気持ち。自分の人生です。それがいま現在、意に沿っているものかどうかはわかりませんが、そこにあるのが手のなかにあ

るものです。

「次へ」と逸《はや》る気持ちを落ち着かせ、それを一度、見つめてみます。色々あったけれどまあいいかな。そんなふうに思えたらいいですね。でも、思えなくても大丈夫。55歳は大人のまんなか、リスタートの時だからです。

55歳は、経験したこと、やってきたことが、自分のなかで融合されはじめる時期のように感じています。50歳になったばかりの時はすこし前のめり気味だったかもしれません。自分が本来の自分にもどりながら、プラス、すごしてきたいくつものできごとがうまく交じり淘汰し、融合されていく。そのはじまりが55歳なのかもしれない、と。

若い頃に知らなかったことも知りました。理解できなかったことも、ある程度わかるようになりました。できることもあれば、叶わないこともあるということ、時間は永遠ではないということ。体を労わる大切さ、日々快くすごす工夫など、すごしてきたなかで得た自分なりのものを誰もが持っています。

経験したなかには、忘れてしまったこと、忙しくてやめてしまったことや、習慣などもあるかもしれません。それらを思いだし、再び人生に加えることができます。

手のなかにあるものをもう一度表にだし、自分のなかに芽生えさせ、あたらしい思いとともにまたスタートする。55年という年月に蓄積された情報量はすごいですよ。それぞれが、その時その時代に、やってきたことがストックされているのですから。

55歳になったいまだからわかることがいくつもあります。すごしてきたできごとを手に、次へつづく扉をあけたいと思います。

おわりに

55歳になり春夏秋とすごしました。陽ざしがやわらぐ頃、またひとつ歳を重ねます。

50歳になった時、50歳はその先につづく60代、70代のスタート、と思いました。けれど、いまは100歳の半分、まんなかを通過したぐらい、とかろやかに感じるようになりました。

でも、本当のところはわかりません。残された時間があとどれくらいあるかは、今のところ誰にもわからないからです。まんなかと思えばまんなか。自分次第で時間のスケール（ものさし）は、長さを変えていきます。

そう思うと年齢はある時から関係なくなってきます。いくつでも「わたし」は「わたし」で、わたしの時間で進んでいくだけです。エイジフリー、タイムフリー、ボーダーフリー。フリーっていい響きですね。広くかろやかな世界にいるような気持ちになります。そんななかで歳を重ねていけたら。

この本をつくるにあたり、フォトグラファーの加藤新作さん、デザイナーの渡部浩美さんに、いつものようにお力をお貸しいただきました。スタート時の担当編集者、PHP研究所の加納新也さん、途中から引きついでくださったPHPエディターズ・グループの見目勝美さん。おふたりがいなければこの本はできませんでした。ありがとうございます。また、2015年に出版した『50歳からはじまる、あたらしい暮らし』の担当編集者、PHP研究所の渡邉智子さんにも流れをつくっていただいたこと感謝いたします。

そして、何より、この本を手にとり読んでくださった方、ありがとうございます。

未来の世界がどうなっているかわかりませんが、それぞれがその人らしい風景のなかに立ち、すごしていることを願います。

広瀬裕子

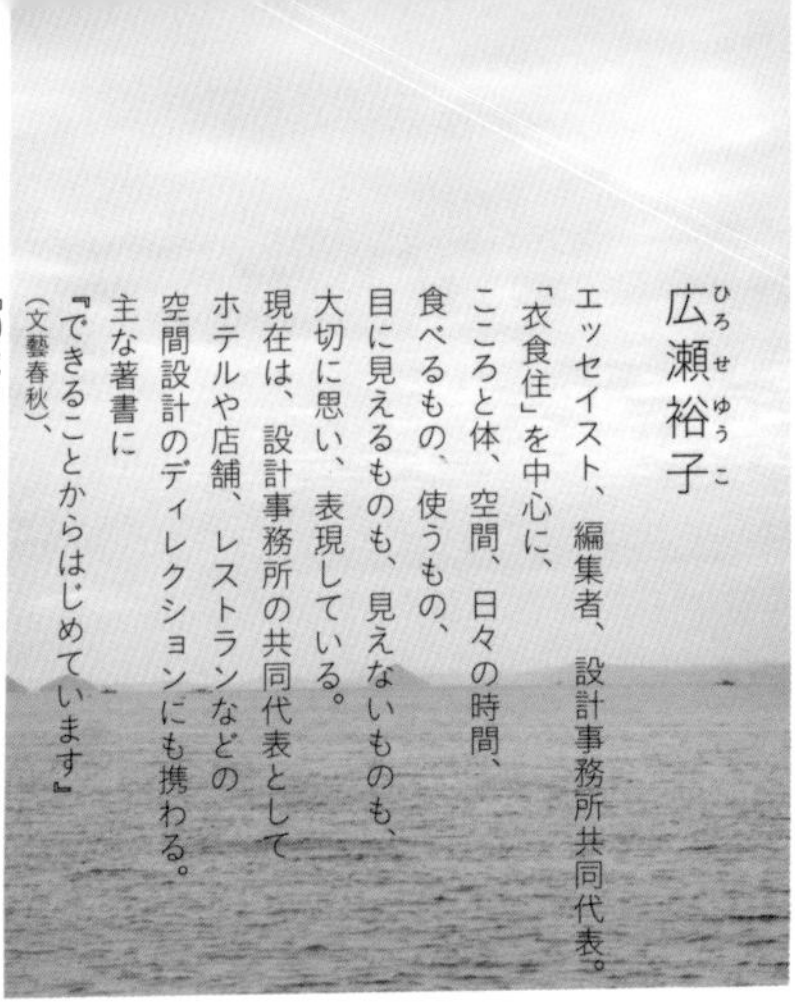

広瀬《ひろせ》裕子《ゆうこ》

エッセイスト、編集者、設計事務所共同代表。
「衣食住」を中心に、
こころと体、空間、日々の時間、
食べるもの、使うもの、
目に見えるものも、見えないものも、
大切に思い、表現している。
現在は、設計事務所の共同代表として
ホテルや店舗、レストランなどの
空間設計のディレクションにも携わる。
主な著書に
『できることからはじめています』
(文藝春秋)、
『50歳からはじまる、あたらしい暮らし』
(PHP研究所)
など多数。
yukohirose19

撮影
加藤新作

ブックデザイン
渡部浩美

PD
小川泰由（凸版印刷）

編集
見目勝美（PHPエディターズ・グループ）

DTP
株式会社PHPエディターズ・グループ

55歳、大人のまんなか

2021年3月30日　第1版第1刷発行

著　者　広瀬裕子
発行者　岡　修平
発行所　株式会社PHPエディターズ・グループ
〒135-0061　江東区豊洲5-6-52
☎03-6204-2931
http://www.peg.co.jp/

発売元　株式会社PHP研究所
東京本部　〒135-8137　江東区豊洲5-6-52
普及部　☎03-3520-9630
京都本部　〒601-8411　京都市南区西九条北ノ内町11
PHP INTERFACE　https://www.php.co.jp/

印刷所
製本所　凸版印刷株式会社

ISBN978-4-569-84869-3